いとの森の家

東直子

ポプラ社

いとの森の家

装画　東 直子
装丁　bookwall

――あれは本当にまっすぐな、長い長い道だった。

小学四年生の六月。初めて歩いたその道は、朝から降《ふ》り続いた雨でじっとりと濡《ぬ》れていた。当時その村では小学生は集団登校が義務づけられていて、毎朝地区ごとにいったん一ヶ所に集まってから、学校までの道を一列に連なって歩いていたのだ。私は、集団登校というものを体験したのも初めてだった。

皆《みな》、底のぶ厚《あつ》いゴム長靴《ながぐつ》を履《は》いて、びちゃびちゃ音を立てながら歩いていく。私も遅《おく》れないように最後尾をついていったのだが、吐《は》き気《け》が込《こ》み上げてきてしかたがなかった。その一本道の両脇《りょうわき》は田んぼで、雨に濡れた道へと田んぼから飛び出してきた蛙《かえる》が、走り去る車のタイヤにつぶされてちぎれ、雨水でふやけた白い蛙肉が、道一面にしきつめられていたからだ。

なるべく蛙肉を踏《ふ》みたくない。しかしよけるスペースなどどこにもなく、粛々《しゅくしゅく》と進んでいく連隊に遅れずについていくためには、それを自分も粛々と踏んで歩くしかないのだ。雨の降りしきるむっとするような空気の中に、なんともいえない生臭《なまぐさ》い匂《にお》いが漂《ただよ》っている。私は、匂いをなるべく吸《す》い込《こ》まないように息を止めて、新しい学校への道を無言で歩いていった。といってもずっと息を止めておくわけにはいかず、ときどき、くっといっぺんに息を吸い、そのたびにくらっと気が遠くなるような感覚に襲《おそ》われるのだった。

黄色や赤や黒や青の長靴《ながぐつ》が、どんどん踏《ふ》みつけていく蛙《かえる》の轢死体《れきしたい》。一歩踏み出すごとに確《かく》実《じつ》に吐《は》き気《け》が込《こ》み上げてくる中、他の子どもたちの様子をちらちらと見てみるのだが、私以外の人は、皆《みな》平気そうである。

笑顔でも怒《おこ》り顔でもなく、気分悪そうにもしていない。ただただ無心に、両脇《りょうわき》に田畑を従《したが》えた学校へ続く長い長い一本道を歩いていた。蛙の肉が道を一面に覆《おお》っているなんてことは当たり前のこととしてなんら疑《うたが》うこともなく、立ち止まったり遅《おく》れたりもせず、その道になにがあろうと淡々《たんたん》と踏みつけながら歩いていたのである。

みんなすごいなあ、と思う。同時に、自分はダメだ、と思う。ダメだダメだ、こんなことではダメだ。しっかりしなくては。と、だんだんもうろうとしてくる頭を自分で叱咤激励《しったげきれい》しながら、隊列になんとか遅れないようについていった。

学校にやっとたどりつき、傘《かさ》をたたんだところでぐっと気分が悪くなり、トイレの場所を教えてもらってかけこみ、吐いた。朝食べてきたものを全部もどしてしまった。

というわけで、転校初日に私が初めて入った学校の部屋は保健室《ほけんしつ》、ということになってしまった。

保健室は、しん、としずまりかえっていた。前の学校では、保健室には常時白衣を着た保健室の先生がいて、どうしたの？　大丈夫《だいじょうぶ》？　と、部屋に行けば必ずやさしい声をかけられたものだったが、この学校には、保健室にずっといる先生はいないのだった。私を保健室に連れてきてくれたのは、担任《たんにん》の福原《ふくはら》先生だった。

トイレで苦い涙《なみだ》を流しつつ出せるものを出しきって水を流し、ドアを開けると、そこに福原先生が立っていた。私がせっぱつまった顔をしてトイレにかけこむのを見た誰《だれ》かが、伝えてくれたのだろう。

福原先生は、あらあら顔色が真っ青よ、と私の肩《かた》に手を置いた。とたんになんだか恥《は》ずかしくなってうつむくと、気分悪いの？　まだ悪い？　とたたみかけた。道路でつぶれた蛙が気持ち悪くて、などと言うと、いかにも田舎《いなか》生活になじめない都会っ子、みたいな部分を強調するようで、口にできず押《お》し黙《だま》ってしまった。福原先生の手は、私の肩からするりと腕をつたって下り、てのひらを握《にぎ》った。

「緊張《きんちょう》しすぎたとかねえ。まあちょっと保健室で休んどく？」

福原先生にそう言われ、私は小さくうなずいた。じゃあ、こっちよ、と歩き出した福原先生にひっぱられるようにして廊下《ろうか》を歩いた。福原先生は、思いのほか足が速くて、ついていくのが大変だった。何人もの生徒とすれちがう。すれちがっても目線だけが私の方に少し残るのがわかった。

保健室《ほけんしつ》は、ほんのりとクレゾールの匂《にお》いがした。前の学校の保健室と同じ匂いだった。匂いは同じなんだ、と思いながら、先生に促《うなが》されるまま一つしかないベッドにもぐりこんだ。シーツは少しひんやりしていて、蒲団《ふとん》はやわらかくて軽かった。保健室の蒲団って、こんななんだ、家の重い蒲団とずいぶん違《ちが》うなあ、と瞬間的《しゅんかんてき》に思い、保健室のベッドの中に入ったのは初めてだと気付いた。これまで保健室では転んで怪我《けが》をした膝《ひざ》に消毒液《しょうどくえき》を塗《ぬ》ってもらうくらいのことしかしてもらってなかったのだった。

私があお向けになって、保健室のベッドって、なんか気持ちいいなあと思いながらふぅ、と息を吐《は》いたところで、しばらく休んでていいけんね、と福原《ふくはら》先生はひとこと言い残して出ていった。

白いレースのカーテンがかかった窓《まど》の向こうでは、まだ雨が降《ふ》り続《つづ》いていた。窓から伝わる雨音以外の音や人声は聞こえず、部屋は薄暗《うすぐら》くしずまりかえっていた。白い天井にはいくつか窪《くぼ》みがあり、端《はし》の方が黒ずんでいた。そんな天井を見つめていると、自分がこの世の片《かた》隅《すみ》にうち捨てられた漂流物《ひょうりゅうぶつ》のような心地がしてきて、少し胸《むね》が痛《いた》くなった。あお向けで足を広げていると、道路で足を広げて死んでいた蛙《かえる》を思い出したので、横向きになって身体を海老《えび》のように曲げた。気を失いそうになるほど悩《なや》まされていたつぶれた蛙とその匂いが、まだ身体にまとわりついているような気がして、うなされた。そしてとんでもないところへ来たものだ、と悲しい気持ちがじわじわと浮《う》かんできてしまったのだった。

私はおとといまで、福岡《ふくおか》市内の住宅街《じゅうたくがい》にある団地に住んでいた。田畑は、歩きまわる範《はん》囲《い》の中には存在《そんざい》せず、道路も歩道もすべて舗装《ほそう》され、土に直接触《ちょくせつふ》れられるのは、公園か校庭、あるいは一部の空き地に限《かぎ》られていた。

団地の目の前を川が流れていたこともあり、野生の蛙を見たことがないわけではなかったが、あのように大量の、水にふやけた轢死体《れきしたい》に遭遇《そうぐう》したのは初めてだったのだ。

田舎で暮《く》らすということはそういうことなのだ、と白いシーツの間で覚悟《かくご》を決めようと決心するのだが、びちゃびちゃと音を立てつつ歩を進めた長靴《ながぐつ》の下のもやもやした感触《かんしょく》が、蘇《よみがえ》ってくるたびに、嗚咽《おえつ》しそうになった。

ダメだ、ダメだ、私はここでやっていけそうもない。中途《ちゅうと》で止まった嗚咽と強い不安感から目尻《めじり》に涙《なみだ》がたまり、つつつ、と頬《ほお》を伝った。登校初日から、最悪だ。

それにしても、朝から学校で眠《ねむ》るなんて初めてだ、と思うと、うしろめたいような、ひどく気持ちのいいような心地がして、身体があたたまってくるとともに強い眠気にひっぱられて、ふうっと眠りに落ちていった。

保健室《ほけんしつ》の引き戸が引かれる音がして、目が覚めた。二時間目と三時間目の間のちょっと長い休み時間に咲子《さきこ》ちゃんが様子を見にきてくれたのだ。咲子ちゃんは、私が住むことになった家の一番近くに住む同級生である。川島《かわしま》さんという名前の家で、引《ひ》っ越《こ》しの挨拶《あいさつ》に行くと、雨が降《ふ》っていたわけでもないのに黒い長靴《ながぐつ》を履《は》いたおばあちゃんと咲子ちゃんとそのお姉ちゃんの三恵子《みえこ》ちゃんが出てきた。私が入る予定のクラスを伝えると、咲子ちゃんは、じゃあおんなじクラスだあ、と言ってにっこり笑った。それで、今朝初めて学校へ行くときも連れ立って集合場所まで行ったのだった。

「加奈子《かなこ》ちゃん、大丈夫《だいじょうぶ》?」

保健室のベッドの上で、うっすらと目を開けた私を、咲子ちゃんはのぞきこんだ。私は目をしばたたかせて、上半身をむっくりと起こした。

「だ、だいじょうぶ、みたい」

少し眠ったおかげで、身体中をめぐっていた吐《は》き気《け》がきれいさっぱりどこかにいってしまっていた。

「よくなって、よかったね」

よく日に焼けた顔を思い切り笑顔にしてはげましてくれる咲子ちゃんが、なんだかまぶしすぎて、照れくさくて、私はうつむきながら小さな声で、うん、と答えた。そこへ福原《ふくはら》先生が、山田《やまだ》さーん、どうですかあ、と歌うように声をかけながら入ってきたのだった。

私は三時間目の授業《じゅぎょう》から参加することにした。福原先生に続いて、咲子ちゃんと一緒《いっしょ》に教室に入った。

咲子ちゃんは席につき、私は黒板の前で先生の横に立った。雨に閉《と》じこめられて気だるい空気の充満《じゅうまん》する教室は、とてもざわついていた。席について私の方をじっと注目している子も五、六人はいたが、その教室の生徒のほとんどが席にもついておらず、消しゴムを投げ合ったり、窓辺《まどべ》でかたまってなにかに夢中《むちゅう》になっている様子だった。

「はーい、みなさーん、席についてー」

福原先生は、低めの間延《まの》びした声でそう言うと皆《みな》に背中《せなか》を向けて黒板に文字を書き始めた。チョークが擦《こす》れる音。今自分の名前が書《か》き込《こ》まれているのだな、と思った。なにも隠《かく》すべき名前でもなんでもないが、こんなふうに大披露《だいひろう》されるのは、とても気恥《きは》ずかしかった。黒板に文字が書かれはじめると同時に、子どもたちは友達との会話を続けつつゆっくりと移動《いどう》して、皆《みな》、席についた。

私の入る四年一組のクラスの人数は三十人だと、母と姉と転入手続きに来たときに職員《しょくいん》室《しつ》で教えてもらっていた。小学四年生は、その三十人クラスが二組あるだけだった。学年によっては一クラスしかないところもあった。市内にいたときは四十五人学級が八クラスもあるマンモス校だったので、三十人クラスはずいぶん隙間《すきま》があるように感じられた。

名前を書き終わった先生が振《ふ》り返ってふたたびこちらを向いたとき、教室はしずまりかえった。私はごくりと唾《つば》をのみこんだ。

「今日からこのクラスで一緒《いっしょ》に勉強をすることになりました、山田加奈子《やまだかなこ》さんです」

名前を大きな声で呼《よ》ばれて恥《は》ずかしさが倍増《ばいぞう》したが、なるたけそんな気持ちが出ないようにわずかに笑顔をつくってから、軽く頭を下げた。

「山田さん、クラスのみんなにひとこと自己紹介《じこしょうかい》をして下さい」

私ははっとして目を見開いた。そんなこと、なにも考えていなかった。えっと、おとといひっこしてきました。よろしくお願いします、と言いながらふたたび頭を下げた。顔を上げようとすると、それだけなんですかー、と先生が低く間延《まの》びした声で訊《き》いてきた。いたたまれない気持ちになり、うつむいたままとぼとぼ歩いて、自分用に用意されていた席についた。

隣《となり》の席の男子が私の顔をのぞきこむように身体を傾《かたむ》けて、おまえんちさ、と話しかけた。先生が教科書の開くページの指示を出しながらこちらに近づいてきて、そのいがぐりあたまをてのひらでぎゅっとつかんで姿勢《しせい》をたださせた。横目で見ていると、その男子は、ふぐみたいにほっぺたをふくらませてぷぷぷ、とくちびるを鳴らした。

お昼の時間になり、机《つくえ》を移動《いどう》して対面式にして給食を食べた。このころにはすっかり気分も回復《かいふく》し、朝食べたものがなかったことになっていたので、とてもお腹《なか》がすいていた。アルミの深皿に豚汁《とんじる》が湯気をたて、平皿では鮭《さけ》の切り身がつやつやと光っていた。給食は、学校の中にある給食室で給食のおばさんが毎日手作りしているという。豚汁の中に入っているニンジンやジャガイモやタマネギは、前の学校のそれよりもちょっと大きめにカットされていて、ほんのり甘《あま》くて歯ごたえがあり、とてもおいしかった。

咲子《さきこ》ちゃんが給食を食べながら、加奈子ちゃんは、自分の家の少し上の方に新しい家を建てて引《ひ》っ越《こ》してきたのだとみんなに説明してくれた。

「あれか、あのなんもなかった山に、突然《とつぜん》あらわれた家か」

大きな声を上げたのは篠山泰《しのやまやすし》くんだった。この地域《ちいき》は、咲子ちゃんの名字の川島《かわしま》か、泰くんの篠山という名字が多い。名字で呼《よ》ぶと混乱《こんらん》するからか、全員が下の名前で呼び合っていた。今までは、よほど仲がいい子以外は、名字に「さん」や「くん」をつけて呼び合っていたので、泰くんよく知っとるね、などと女子が男子に話しかける様子は違和感があった。ましてや自分が「泰くん」と呼ぶのはさらに抵抗《ていこう》があり、篠山くん、とつい呼んでしまうのだった。すると、オレも篠山だぜー、とクラスに何人もいる「篠山くん」がつっこみを入れにきた。

「加奈子《かなこ》ちゃんのお父さんは、なんしようひと?」

そう訊《き》いてきた篠山高子《たかこ》ちゃんは、唇《くちびる》と鼻の間に二ミリくらいの黒子《ほくろ》があった。

「銀行に行っとるよ」

「銀行? じゃあやっぱ社長なんか」先生に頭をつかまれてぷぷぷとくちびるを鳴らした川島実《みのる》くんが、身を乗り出した。

「そんなんやないよ。ふつうの係だよ」

私はなるべく笑顔を作って答えた。答えながら、銀行には「社長」はおらんとよ、「頭《とう》取《どり》」っていうとよ、と思ったが、黙《だま》っておいた。

実くんが、朝ご飯にはなにを食べてきたか訊いてきたので、記憶《きおく》をひもときながら、えっと、パンと、目玉焼きと、トマトと、えーと、メロン、と答えた。

「メロン！ 毎日メロンを食べよると？」実くんが目を丸くして言った。

いや、毎日というわけでもないし、メロン、とたしかに言ったけれども、今朝《けさ》食べたのは、あのマスクメロンのような高級品ではないことは自分でもわかっていた。うすい緑色の皮の、瓜《うり》、といった方が正確《せいかく》な果物だと思うが、そういう細かいことを説明するのも面倒《めんどう》で、うん、まあ、とあいまいに答えてしまった。

「うちは、朝はご飯しか出たことなかよ。うらやましかあ、毎日パンで、毎日メロン食べるって」

咲子《さきこ》ちゃんにまでダメ押《お》しをされて、「毎日メロンを食べる」という小さな嘘《うそ》をいよいよ押し通さねばならなくなった。実くんが朝食をのぞきにくることはないだろうけど、すぐ近くの家の咲子ちゃんは朝ご飯を食べてる途中《とちゅう》に早めに迎《むか》えにきてくれて、私が食べ終わるのを待ってくれるようなことがないとも限《かぎ》らない。困《こま》ったな。毎日ほんとうに瓜でもいいからメロンを出してもらうように頼《たの》むか、なんとしても咲子ちゃんより早く準備《じゅんび》をして、私から咲子《さきこ》ちゃんを呼《よ》びに行くようにしないといけない。そっちの方が簡単《かんたん》だ。自分の家の方が学校よりちょっとだけ遠い所にあるんだから、そうする方が自然のことだし。よし、そうしよう、とこれからの自分の朝の行動を決めたところで、よーし対戦するかー、という声が聞こえた。給食を食べ終えたと思《おぼ》しき男子数人が立って話をしていた。

「オレ、昨日、新しかとば探《さが》して入れてきた」

「ほんとや」

「オレも、オレも」

「今日は負けんぜ」

そんなことを言っている男子たちは、それぞれヤクルトの容器《ようき》を手に持っている。このクラスでは、ほとんどの人の机《つくえ》の上に、このヤクルトの容器が置いてある。すべて蓋《ふた》は取《と》り除《のぞ》かれている。代わりにラップやガーゼの蓋がしてあるものもあり、容器の内側から濃《こ》い色が透《す》けていた。中はヤクルトのあのうすいオレンジ色の液体《えきたい》、ではないものが入っているようだ。なぜそんなものを皆《みな》持っているのか、ずっと不思議だった。今その謎《なぞ》が明かされるのかと、給食の先割《さきわ》れスプーンを置いて、私は彼《かれ》らの様子を見に立ち上がった。

すでにヤクルトの容器を持っている男子のまわりには、男女を問わず人が集まってきていた。二人の男子がヤクルトの容器を傾《かたむ》けて、指先で中からなにかをつまみ出した。親指とひとさし指の間でなにか茶色いものがもぞもぞと動いている。男子二人は向かい合ってそのもぞもぞを近づけた。目を合わせ、せーの、と合図をしてから声を合わせた。

「おまえのちんこ、どーんくらい」

それを掛《か》け声《ごえ》として指先の小さな虫が、小さなカマを広げた。

「公太《こうた》の方が、信司《しんじ》のよりおっきい」

「よーし、オレの勝ちー」

公太くんは、指先の虫をいとおしそうに一度ゆっくり眺《なが》めてから、ヤクルトの容器の中にふたたび入れた。負けた信司くんは、くやしそうな顔をして、虫を容器の中にぽいっと落とした。

「ちぇ。またこんど新しかとば探してくるぜ」

「おい、オレのと対戦させれ」

幸夫《ゆきお》くんが公太くんに試合を申《もう》し込《こ》むと、二人はまた向かい合ってヤクルトの容器を傾けて茶色いものをつまみ出した。それぞれの指先でもぞもぞ動いている。アリを何倍にも太らせたような虫で、前肢《まえあし》に身体のわりには大きなカマがあり、そのカマは、もぐらの手のようにひらべったくなっていた。

「あれ、なに？」

隣《となり》に立っていた咲子《さきこ》ちゃんに訊《き》いた。

「あれは、オケラたい」

「オケラ？」

「オケラ、知らんと？　あのねえ、砂の中におるとよ。穴《あな》みつけたら、そこ掘《ほ》ればおると」

「あれ、外でとってきとうと？」

「うん。それでね、ああやって試合すると」

「カマの広げ方で？」

「そう。大きく広げた方のオケラが勝ち」

「なんでちょうどいいときにカマを広げると？」

「どーんくらい、って言ったあと、お腹《なか》をちょっと押《お》しようと」

「へえ……」

捕《つか》まえてきた虫で遊ぶなんて、とびっくりしつつも試合の様子がおもしろくて釘付《くぎづ》けになってしまった。耳をすますと、オケラはカマを広げるときにキュッと鳴いたようだった。も

ヤクルト

ぐらの手をずっとずっと小さくしたようなカマが、ふわ、と一瞬《いっしゅん》広がる様子が、なんだかかわいく思えてくる。自分もちょっとやってみたいな、と思ったころには、給食を食べ終えた子が次々にオケラ対戦をはじめていた。女の子も参加していた。女の子同士でもためらいなくあの掛《か》け声《ごえ》を使っていた。

「こんど、オケラのおるところ、教えてくれる？」

咲子ちゃんに訊くと、咲子ちゃんはきゃはは、と明るく笑って、加奈子《かなこ》ちゃんもオケラ遊びすると？　と言った。私は、目を開いて、うん、と答えた。咲子ちゃんは、顔から笑いを蒸発《じょうはつ》させながら窓《まど》を見た。朝からの雨がまだ降《ふ》り続《つづ》いている。

「でも、今日は無理やと思う。雨やけん。明日は晴れるかいな」

「うん。晴れるといいな」

しずかに雨を見る私と咲子ちゃんの耳に「おまえのちんこ、どーんくらい」の輪唱《りんしょう》が入ってきた。

このクラスにほんとうになじむためには、あのオケラという小さな生き物が必要なのだと、九歳《さい》の心はかたく信じたのだった。

学校から帰るころには、雨はすっかり上がっていた。登校時は集団登校が義務《ぎむ》づけられているが、授業《じゅぎょう》時間が学年によってばらばらなので、集団下校はしない。

私は同じ方向の高子《たかこ》ちゃんと春江《はるえ》ちゃんと咲子ちゃんと一緒《いっしょ》に下校した。

道いっぱいに湿《しめ》ってふくらんでいた蛙《かえる》の轢死体《れきしたい》は、行きの道で見たときの三分の一ほどに減《へ》っていて、早くも干《ひ》からびはじめていた。乾《かわ》いてしまえば財布《さいふ》の革と一緒、などと自分に言い聞かせて、なるべく下を見ないようにして歩いた。

足を踏《ふ》み下ろしたときに、長靴《ながぐつ》の底《そこ》がぐに、と少しすべり、しまった、蛙を踏んでしまったか、ととっさに思い、う、と込《こ》み上げてくるものを感じたが、友達の顔をしっかり見て、笑顔をつくることで我慢《がまん》した。私に今一番必要なのは、足元の半ぬらぬら世界のことを気にすることではなく、今目の前にいるクラスメートに、ちゃんと友達として受け入れてもらうことなのだ、と自分の心に言い聞かせた。

咲子ちゃんが、高子ちゃんと春江ちゃんに、加奈子ちゃんの家は、すっごいすてきなんよー、とっても広くてとっても新しくって、きれいかよう、と私の家をしきりにほめてくれるので、照れくさかった。大きさでいえば、咲子ちゃんの家の方がずっとずっと大きいのに。

いいなあー、いいなあー、と皆《みな》に何度も言われて、今度遊びにきてきて、と私は調子よく返した。

この子たちをおもてなしするなら、お茶とおせんべではなくて、紅茶《こうちゃ》と苺《いちご》ケーキだな、と思った。その方がこの子たちに、すごーいとさらに言ってもらえる気がする、という打算的《ださんてき》なもてなしの気持ちだった。

――だけどこの辺にケーキを売ってるお店ってあるのかな。

まっすぐに続く道の、右を見ると田んぼ、あるいは畑。左を見ても田んぼ、あるいは畑。道の向こうには青く霞《かす》む山がある。家は田んぼや畑の中に点在《てんざい》しているが、お店らしきものは、目に見える範囲《はんい》には全く確認《かくにん》できない。

前の小学校に登校していたころ、学校の斜《はす》向かいにあるよろず屋でお菓子《かし》を買い、その隣《となり》の雑貨屋《ざっかや》でかわいい髪留《かみど》めなどを買い、その隣の隣にある本屋で毎月「なかよし」を買っていた。姉は「りぼん」を買い、毎月姉妹で二冊《さつ》の雑誌《ざっし》をすみずみまで読んでは、感想を熱く語り合った。

そういう買い物を、これからどこに行けばできるんだろうかと、ふと不安になった。少なくとも、家から学校まで四十分ほども歩くその道に、店は一軒《けん》もなかったのだった。

転校生がやってくるのは、新学期の初日と相場が決まっているのに、こんな六月の梅雨時《つゆどき》になってしまったのは、新居《しんきょ》の建築《けんちく》が予定より遅《おく》れたためである。

一年以上前の、とある日曜日、一家全員、つまり父と母と姉と妹と私が父の運転する車に乗り、連れていかれた場所は、畑と田んぼが広がる典型的な田舎《いなか》の村だった。ここへ来る理由について、父も母も私たち子どもにはなんの説明もしなかった。よし、出かけるぞ、という父のひとことがすべての合図で、私は妹の手を引いて、車の後部座席《ざせき》に乗《の》り込《こ》んだのだった。休日にマイカーのブルーバードを動かして家族でドライブに出かけることはよくあったので、またどこかに連れていってもらえるのだろうと、深くは考えなかった。

家族の座席は基本的《きほんてき》に決まっていて、運転席は父、助手席には母が座《すわ》る。後部座席の右端《みぎはし》が一つ年上の姉の真紀子《まきこ》、真ん中が六歳年下の妹の徳子《とくこ》、左端が私だった。私たち姉妹は「◯◯ねえちゃん」という姉妹の序列《じょれつ》がわかる呼《よ》び方《かた》はせず、「まきちゃん」「かなちゃん」「とっこちゃん」と、家族全員で同じ呼び名で話しかけた。

その日も走り去る景色をぼんやりと見ながら、車に乗っていた。姉も同じふうだった。妹だけが車に乗り込んだとたん、腕《うで》をばたばたしたり、高い声を上げたりしてやたらとはしゃいでいたが、しばらくするとことりと寝入《ねい》って、頭を姉の膝《ひざ》の上にあずけていた。家を出てから車で一時間ほど走り、田んぼの続く道からふと左に折れ、山道へと入り、車が停《と》まった。

着いたぞー、と言いながら父はサイドブレーキを引いた。ここはどこなんだろう、と思いながら外に出ると、木々がまばらに生えている他はなにもない荒《あ》れ地《ち》のような丘《おか》が、目の前に広がっていた。立ちつくす私たちに、父はひとこと、ここに住むんだぞ、とだけ言って、荒れ地のなかに馴《な》れた様子でざくざくと足を踏《ふ》み入れていった。母は、目をさましたばかりで足元のおぼつかない妹をよいしょっと小さな声を出して抱《だ》き上げて、父に続いた。

住む？　ここに？

にわかには意味がわからず、目をぱちくりしつつ、まきちゃん、と姉に声をかけた。

「ここに住むって、どういうことや思う？」

「どういうことって、そういうことやろう」

言いながら姉は、一度後ろを振《ふ》り返ってまぶしそうに顔をしかめた。

当時私たちは、福岡《ふくおか》市内のしずかな住宅街《じゅうたくがい》にある団地に住んでいた。そこは父の銀行の社宅《しゃたく》で、建物の前を流れている川が汚《よご》れてドブ川化していたこと以外は特に気になることもなく、快適《かいてき》に暮《く》らしていたのに、父が突然《とつぜん》、福岡県の西の端にある田園地帯の、雑木《ぞうき》や雑草の生い茂《しげ》る丘の上の土地を買い、そこに家を建てることにしたのだった。銀行に勤《つと》めていた父は、仕事の関係でこの辺りの土地に来ることがよくあったらしい。そのうちに、どういうわけかこの土地のことが非常に気に入り、便利な立地で格安《かくやす》の社宅を出てまでも、この村に家を建てて住みたいと思ったのだ。そこで手に入れたのが、この雑木生い茂る丘なのだった。なんの整備《せいび》もされていない荒れ地だったが、「昔はここにお城《しろ》があったんだ」と父がほこらしげに言った。

初めてその丘に連れていかれたのは、春まだ浅い日だった。日差しがあたればぽかぽかとあたたかかったけれど、ときおりふうっと吹《ふ》いてくる風は、まだ少しひんやりとしていた。私は、ここに住むことになる、という事実がまったく実感できなくて、ただぼんやりと、遠くで鳴く鳥の声を聞いていたのだった。

福岡市の西の佐賀《さが》県と接《せっ》するあたりに、人の横顔の形に似《に》た糸島《いとしま》半島がある。その半島のつけねにある田園地帯が、父が「ここに住むんだぞ」と言った「ここ」である。父が言っていた「お城」とは奈良《なら》時代にできた古城《こじょう》のことで、城そのものはもうどこにもなかったが、かつて城があったことはたしからしい。古墳《こふん》や土器《どき》のかけらなどもあちこちで見つかった。

「さあ、今日はいとへ行くぞ」

父も母も、そこを「いと」と呼《よ》んでいた。日曜日になると、たびたび「いと」に連れていかれた。家族五人で行くこともあれば、姉と私だけがついていくこともあった。パワーショベルが雑草《ざっそう》や低木ごと土を持ち上げ、整地していく様子を、私はあぜんとして見つめた。家を建てるということは、こんなところから始まるのか、と驚《おどろ》いたのだった。

土地がひと通りならされると、思い切りかけっこができるくらいの広場ができて、胸《むね》が高鳴った。実際《じっさい》三人姉妹で、きゃっきゃっと声を出して走りまわったものだった。家の土台作りがはじまると、走りまわることは禁止されてしまったけれど。

土台が打たれ、家の建つ場所に間仕切りのようなものができると、大工《だいく》さんが作業をしていないときを見計らって、ここ、だいどころー、ここ、おうせつまー、ここ、わたしのへやー、などと、姉と架空《かくう》の間取りごっこをした。大工さんがカンナで一気に削《けず》る木材から、魔《ま》法《ほう》のようにくるくると生まれてくる紙のような切りくずがおもしろくて、その様子に見入っていると、かなちゃん、口が開いてる、と姉にからかわれた。あわてて、む、と口を閉じたが、集中して見ているとまたぽかりと口が開いてしまい、こんどは妹も一緒《いっしょ》になって笑われてしまったのだった。

作業の過程《かてい》で生じる半端《はんぱ》な木片《もくへん》を大工さんがくれたので、積み木のように重ねたり並《なら》べたりして遊んだ。のこぎりの跡《あと》が残るざらざらした切り口のふぞろいな形の木片は、きれいに重ねることはできなかったが、テキトーなモノをテキトーになんとかして、家に見立てたり、学校に見立てたり、劇場《げきじょう》に見立てたり、どこか見知らぬ国の城《しろ》に見立てたり。どんなに長い時間それを続けても、なんだか飽《あ》きなかった。不要なものとしてはねのけられたモノに想《そう》像《ぞう》で新しい意味を付け加える作業が、妙《みょう》に楽しいのだということを発見した気がしたのだった。

午前中から出かけたときは、母が用意してきたお弁当《べんとう》を、皆《みな》で食べた。建築現場《けんちくげんば》の片隅《かたすみ》の石の上にこしかけて食べるおにぎりは、海苔《のり》がご飯にはりついて湿《しめ》っていたけれど、きれいな空気ごといただく白いご飯は、つめたくてもとびきりおいしかったし、丘《おか》の上から見える田園風景が、春から夏、夏から秋へとゆっくりと色や姿《すがた》を変えていくのを眺《なが》めるのは、ほんとうに気持ちがよかった。母が朝あわてて焼いた卵焼《たまごや》きの表面が、少し焦《こ》げていたことなど、気にならなかった。卵焼きは、いつもほんのりと甘《あま》かった。

家の土台ができたころ、水道がわりの井戸を掘《ほ》るためのボーリングがはじまった。もともとなんにも使っていない場所だったので、水道は引かれていなかったのだ。ものすごく背《せ》の高い機械が持ち込《こ》まれ、轟音《ごうおん》とともに進められていく工事に、なんだか圧倒《あっとう》されてしまった。

井戸で水が汲《く》み上げられるようになることを、母は喜んでいた。井戸の水はとてもおいしいのだと、うっとりと言った。田舎《いなか》育ちの母は、井戸水を飲んで育ったのだ。初めて都会に出てきたとき、水道の水のまずさにとてもおどろいたし、毎日それを飲んでいるとほんとうに悲しくなったと、母は何度も言った。

井戸の水は家の中に引き、蛇口《じゃぐち》から直接《ちょくせつ》出るようになっていた。実際《じっさい》に初めて飲んだときには、水道の蛇口から出てくる水よりも、つめたくてほんのり甘いような気がした。水がおいしいってこういうことなのか、と生まれて初めて知った私は、水の違《ちが》いがわかる自分がほこらしい気分になったのだった。

できあがった家は、四つの部屋と台所と縁側《えんがわ》のある標準的《ひょうじゅんてき》な日本家屋だったが、平らにならされ、芝生《しばふ》がしきつめられた庭は、鬼《おに》ごっこができるほど広かった。庭の奥《おく》まったところはもとの地形を生かして小高い丘《おか》になっていた。そこに半分は白い砂をしきつめ、半分はもともと生えていた竹林をそのまま残し、丘の前には井戸の水を一部引きこんで鹿威《ししおど》しを作っていた。ときどきそれが、カツンと音を響《ひび》かせるのを聞くことができた。

こんなふうにあとからいろいろと凝《こ》ったことを付け加えたりしたせいか、三月末には終わるはずだった工事が、五月の終わりまで延《の》びてしまったのだった。

一番問題に感じたのは、丘の上に強引に家を建てただけに、家の門の前に作られた道が、日常生活で使うにはかなりな急勾配《きゅうこうばい》だったことである。普通《ふつう》に歩いて下りるだけでつんのめりそうになった。自転車で下ると、命がけのスピードとなる。

セメントで固められたその白い私道を下りていくと、鋪装《ほそう》されていない砂利道《じゃりみち》に出る。ゆるやかな勾配のその道をしばらく下りて広い道路につきあたる場所に、咲子《さきこ》ちゃんの住む大きな家があった。

自分の家に一番近い同級生は、不思議に自分にとって特別に親しい友達になる。近くに住む、というのはただの偶然《ぐうぜん》なのだけど、いつの間にか運命のように必然のものとなっていく気がする。咲子ちゃんも、こんなに近くに同い年の友達ができてうれしい、とにっこりと微笑《ほほえ》んで喜んでくれた。咲子ちゃんも私と同じ三姉妹の真ん中で、もともとの性格《せいかく》がよく似《に》ていたのかもしれない。おっとりとしたところのある咲子ちゃんとは自然に息が合うように気が合って、顔を見るだけで楽しい気分になれた。

咲子《さきこ》ちゃんの家は農家で、遊びに行くとおばあちゃんが梅《うめ》を干《ほ》したり、大根を洗《あら》ったり、両手に草の束を持って茣蓙《ござ》の上でぶつけて胡麻《ごま》の実を落としたりといった作業を庭先でしていた。

咲子ちゃんの家の前にのびている道は、山の森へ続いていた。森に続く道の途中《とちゅう》に、私が住むことになった家への道が枝《えだ》のように右にのびている。道に立って山の方を眺《なが》めると、うっそうとした緑が奥《おく》に見えた。ゆるやかな上り坂の道は、奥へ行くほど細くなり、風に揺《ゆ》れる深い緑の森へしずかにのみこまれていくようだった。道の奥は、樹々《きぎ》の葉が作る影《かげ》に閉《と》じこめられて、暗い穴《あな》のような闇《やみ》が見えるばかりだった。

家を建てている間、何度もその道を眺めた。母は私たち姉妹に、あまり遠くへ行ったらいかんよ、とやわらかく制止していた。両親は、私たち子どもを道の先に連れていってくれることはしなかった。私たちも、知らない村の知らない森は、とてもこわくて遠い存在《そんざい》だった。

あの奥の道まで行ってみようと、最初に言ったのは私だった。なんども訪《たず》ねるうちに、この場所に対する緊張感《きんちょうかん》がほどけてきたせいだろう。私にそう声をかけられた姉は、え、とひとこと小さく言って、目を少し見開いた。夏の強烈《きょうれつ》な暑さが去り、涼《すず》しい風が吹《ふ》きはじめていたころだった。もう蟬《せみ》は鳴いていない。心なしか森を覆《おお》っている樹々もひとところの命の勢《いきお》いをひそめ、おだやかにうたたねをしながらそよいでいるようだった。

「あの、奥へ？」

姉は、眉間《みけん》にかすかにしわをよせて、まぶしそうに顔を上げ、森を見つめた。

「ちょっとだけ。ね。とっこちゃんは、ねとるし」

母の弁当《べんとう》の昼食を済《す》ませたあとで、妹は、母と一緒《いっしょ》に車にもどって昼寝《ひるね》をしていた。父は現場《げんば》の人との打ち合わせで忙《いそが》しく、私たちが何をしているかは眼中《がんちゅう》になかった。私と姉は、時間をもてあましていたのだ。

「ちょっとだけ、ねえ」

そう口にすると、姉の眉間《みけん》のしわはさっと解《と》かれ、愉快《ゆかい》そうに口の端《はし》が上がった。

「ちょっとだけよ」は、当時テレビで流行《はや》っていたギャグのセリフでもあった。

「ちょっとだけよう」

私はふざけてその口調を真似《まね》て言った。

「ちょっとだけよう」

姉も一緒《いっしょ》に真似をして、くすくす笑った。ちょっとだけよう、ちょっとだけよう、と笑いながら、姉と私は、森の奥《おく》へ奥へとかけだしていった。

遠くからは闇《やみ》に見えた森の奥は、左右の木に空を覆《おお》われているとはいえ、思っていたよりも明るく、道の草も伸《の》びすぎないように手入れがされているらしく、おだやかな雰囲気《ふんいき》だった。

ふいに、明るい光が降《ふ》ってきた。道を覆っていた木がとだえ、カラフルな色が目にとびこんできた。森の中に一軒《けん》の家があり、家の前の庭に黄色や白やピンクの花々が植えられていたのだった。家の壁《かべ》は真っ白で、オレンジ色の三角の瓦《かわら》屋根には、煙突《えんとつ》が突《つ》き出ていた。

「わあ、かわいい家！」

思わず姉と一緒に叫《さけ》んだ。花壇《かだん》のある開放的な庭の真ん中には大きな木がにょっきりと生えていた。庭の中に赤いバケツと深い緑色のジョウロがおかれているのも見えた。むぞうさに放置されていたようだったが、白い壁とオレンジ色の屋根の家との取り合わせが、とてもおしゃれだと思った。奥の方の壁には、緑の蔦《つた》が伸びていた。

「日本の家やないみたい。前に読んだ、童話の中に出てくる魔女《まじょ》の家みたい」

姉がまばたきをしながら言う言葉に、うん、うん、と何度もうなずいた。

「すごいねえ。こんなところに。どんな人が住んどるんやろう」

おもわず引き込《こ》まれるように庭に足を踏《ふ》み入れようとする私の腕《うで》を、姉がつかんだ。

「かなちゃん、ダメ。よそのお家に勝手に入ったら」

もちろんそんなことは私も頭ではわかっていたが、好奇心《こうきしん》が理性《りせい》をおしのけて支配《しはい》していたため、腕をつかまれたまま、でもう、と言って首をそっちの方にのばしていた。

と、どなたあ？　という高い声が奥から聞こえて、私たちは思わず、きゃっと声を上げて逃《に》げるように、道の奥へと走り出した。

走りながら少し冷静になった私は、べつに逃げることもなかったんじゃない、と姉に問いかけたが、姉は真剣《しんけん》な横顔をくずさなかった。

そのまま無言で走り続ける姉に私がついていく形で、どんどん森の奥へと、私たちは入っていったのだった。

姉が突然《とつぜん》、はっとした様子で立ち止まった。

「かなちゃん、鳥居《とりい》がある」

姉の目線の先の、うす暗い道の向こうに細い石の鳥居がたしかに見えた。

「ほんとや」

「神社があるんやね」

「行く？」

「え……うん……」

「神社って、神様がおるところよね」

以前、信心深い祖母《そぼ》から教えてもらったことだった。

「ちゃんと丁寧《ていねい》にご挨拶《あいさつ》した方がいいよね」

「う、うん……」

姉はうなずきながら、目が少し泳いでいた。

「行ってみようよ」

私は、姉の手をつかんだ。姉は反射的《はんしゃてき》に身体をかたくして、足元を見た。

「苔《こけ》だらけ……」

言われて足元を見ると、神社とこちら側の世界を隔《へだ》てるように小さな川が流れていて、かすかに湾曲《わんきょく》した石の橋がかかっていた。その石の橋が、びっしりと苔むしていたのである。

姉が私の手を握《にぎ》り返してきた。

「ゆっくり、行くとよ」

私たちは少し腰《こし》を落とし、ゆっくりと慎重《しんちょう》に、深緑色の苔《こけ》を踏《ふ》みながらその橋を渡《わた》った。

橋は鳥居《とりい》を抜《ぬ》ける参道に直接続《ちょくせつ》いていて、その道もびっしりと苔で覆《おお》われていた。あまり人が入らないところなのかな、と思いながら鳥居をくぐり、奥《おく》へとそろそろと進んでいった。姉とはずっと手をつないだままだった。

行き止まりに小さな社《やしろ》があり、その前に小さなさい銭箱《せんばこ》があった。こういうのって、ちゃんとおさい銭、あげた方がいいんよね、と姉を頼《たよ》るようにその目を見たが、持ってなかよ、お金なんて、と姉は視線《しせん》をはずして目を伏《ふ》せた。えー、と残念がる私に、姉はきりりと向き直り、じゃあ、かなちゃんはどうなん？　とつめよられてしまった。

「ない……」

私は姉に向けて両方のてのひらを広げてみせた。姉は、ふうっと息を吐《は》いて、じゃあもう帰ろう、と言った。

「え、お祈《いの》りは？」

「だって、おさい銭箱があるってことは、タダでお祈りしちゃいかん、てことなんやけん」

そうなのか、と思いつつ名残惜《なごりお》しい気持ちがまさって、社の中をのぞきこんだ。中には額《がく》縁《ぶち》に収《おさ》められた写真がいくつも貼《は》られていて、ふとその中の一人と目が合った。紋付《もんつ》きの羽織《はおり》を着た日本髪《にほんがみ》の女性で、きらり、とその目が一瞬《いっしゅん》光った。思わずきゃっと声を上げてしまった。

「どうしたと？」

すでに社に背《せ》を向けていた姉が振《ふ》り返った。私は腰が抜《ぬ》けたようになって、腰を低く落としたまま、あわあわと口を動かしながら、姉の方に近づいた。

「ひ、ひ、ひ、ひかった、ひかったと！　目が、ひかったと！」

「なんいいようと」

「や、やしろの、中の、人の、目が……」

「ほんとに!?　な、中に、人がおると!?」

「ちがうちがう。ほんとの人やなくって、しゃ、写真、なんやけど、その、写真の着物の女の人の目が、目が光ったと！」

姉にすがりつくように抱《だ》きついたが、ぼうぜんと立ちつくす姉の顔は真っ青だった。

「来るな、いいようと」

「ん？」

「うちら、まだよそもんやもん。まだ住んでないっちゃもん。まだこんなところ来たらいかんかったんよ」

「ほんとに？」

「もどろ。今すぐ！」

姉は、言うなり踵《きびす》を返してかけだした。

「あ、待って」

あわてて姉のあとを私は追いかけた。鳥居《とりい》をふたたびくぐり、苔《こけ》むした石の橋をわたろうとしたところで、つるり、と足の裏《うら》がすべった。川におっこちる、と目をつぶった瞬間《しゅんかん》に、手をぐっと引かれた。姉が手を取ってくれたのだ。しかし、勢《いきお》いあまって道の方に二人して倒《たお》れ込《こ》んでしまった。思い切り膝《ひざ》を打ち、肘《ひじ》を擦《こす》った。

転んだ瞬間は、わけがわからなかったが、緊張《きんちょう》がぷつんと切れたとたん、じわじわと怖《こわ》さと痛《いた》みにおそわれて、うわあっと声を上げて泣いてしまった。かなちゃん、こんなとこで泣いたらいかん、と姉がなだめてくれる声は聞こえたけれど、吹《ふ》きだした「泣き」は、自分でも止めることができなかった。

「だいじょうぶう～」

姉とは違《ちが》う、やわらかな声がかすかに聞こえた。誰《だれ》の声だろう、と考えはじめると、胸《むね》を支配していた「泣き」反応《はんのう》が薄《うす》れていき、しゃっくりに変わっていった。

「あらあ、おじょうちゃんたち、だいじょうぶ？　転んじゃったの？」

顔を上げて目を開くと、一人のおばあさんの顔が目の前にあった。ふわふわの灰色《はいいろ》の髪《かみ》をしていて、白いシャツの上から青い細い線の入ったサロペットを着ていた。眼鏡《めがね》の奥《おく》の瞳《ひとみ》はうすい茶色で、透《す》きとおっていた。

「おひざ、怪我《けが》しちゃっているわねえ。お手当てしてあげますから、うちにいらっしゃい。すぐそこなのよ」

白い顔にたくさんのしわを寄《よ》せて、おばあさんがにっこりと笑った。

いいえ、そんな、だいじょうぶです、と遠慮《えんりょ》する姉や私におかまいなしに、いいからいいから、子どもは遠慮なんてするものじゃないのよ、と言いながら私の手をやさしい力で引いていった。あたたかくて、とてもやわらかい手だった。

「わたしの名前はね、ハルっていうのよ。みんなにおハルさんって呼《よ》ばれてるの。ほら、あの家よ」

おハルさんの指の先に、さっきここへ来る途中《とちゅう》で見かけた、白い壁《かべ》にオレンジ色の屋根の、あのかわいい家があった。

おハルさんのやさしい笑顔と、ふっくらした手に誘《さそ》われて、私たち姉妹は、おハルさんの家の中に入っていった。中に入ったとたん、春の花のような、ふんわりしたいい匂《にお》いにつつまれた。白いレースのカーテンごしに外から入ってきた光が、赤いギンガムチェックの布をかけたテーブルクロスの上にあたっていた。カーテンにもテーブルクロスにも、花や鳥や虫の刺繍《ししゅう》が散っていて、とてもかわいかった。

そこに座《すわ》っていてね、とおハルさんに指示《しじ》された焦《こ》げ茶色の木の椅子《いす》に、私は座った。いろいろな花柄《はながら》の布を縫《ぬ》い合わせてもこもこしたふくらみのあるクッションが、お尻《しり》に気持ちよかった。姉は立ったまま、壁《かべ》にかけてある写真を熱心に見つめていた。みな白黒の写真で、写っている人は日本人だけではなくて、白人や黒人の人もいるし、その顔も無表情《むひょうじょう》だったり、思い切り笑《わら》っている顔だったり、泣きそうだったり、いろいろだった。

おハルさんは、ちょっと待っててておくんなさいね、すぐに消毒してさしあげまする、とわざと少し古めかしい言いかたをしながら眉《まゆ》を少し上げ、奥《おく》の部屋に消えた。そうだ、膝《ひざ》の傷《きず》を手当てしてもらうためにここに来たのだ、と思いだしたとたん、じわりと痛《いた》くなってきた。

おハルさんは、銀のお盆《ぼん》に絞《しぼ》ったおしぼりを載《の》せたものと、十字のマークが入った救急《きゅうきゅう》箱《ばこ》を下げて戻《もど》ってきた。あたたかな湯気の立つおしぼりを、一枚《まい》は姉に、もう一枚を私に手わたしたあと、最後の一枚を土のついていた膝の傷の上にそっとのせ、少しだけ力を入れた。膝がじわっとあたたかくなって、気持ちがよかった。

そのあと砂を落とすようにさっとなでてから、おハルさんは少し湿《しめ》った私の傷に顔を近づけて、ふうっと吹《ふ》いて、アウェイアウェイアウェイ、とうたうようにつぶやいた。なんだろうと思って目をぱちくりすると、おハルさんはにっこりと笑みを浮《う》かべて、これはね、傷が早く乾《かわ》いて、わるいものがぜんぶ風にのって飛んでいくおまじないよ、と教えてくれた。

「いたいのいたいの、とんでいけ、やね」姉が振《ふ》り返ってうれしそうに言った。

そのあとおハルさんは、透明《とうめい》な消毒液《しょうどくえき》を浸《ひた》したガーゼの上から乾いたガーゼを当て、白い紙テープでぴったりと止めてくれた。

「どうもありがとうございます」

姉と同時にふかぶかと頭を下げてお礼を言った。おハルさんは、あらあら、礼儀《れいぎ》正《ただ》しいお嬢《じょう》さんたちですね、と言って微笑《ほほえ》んだ。

「おハルさんのお家、とってもすてきですね。かわいいものばっかりで」姉の目が輝《かがや》いていた。

「ありがとう。こんなおばあちゃんですけどね、かわいいものに囲まれるのが、とっても好きなの。かわいいものがまわりにたくさんあるとね、やさしい気持ちになれるでしょう」

姉と二人でこっくりとうなずくと、かわいいものはお好きね？　と念を押《お》すように言われた。もちろんです！　と姉が代表して興奮気味《こうふんぎみ》に答えると、じゃあねえ、と歌うように言いながらまた奥《おく》へと去っていった。

と、足もとにふわりとなにかがふれた。

「あ、猫《ねこ》！」

白と黒と茶色の三毛《みけ》猫だった。私の方にちらりと視線《しせん》をむけたあと、すっとしっぽを立てておハルさんのあとについていった。

「あ、こっちにもおるよ、猫」

姉が言う方を見ると、深緑色のべっちんのソファーに重ねられた、花のクロスステッチ刺《し》繡《しゅう》の入ったクッションの間に、うす茶色のしましまの猫がすやすや眠《ねむ》っていた。

「ほんとだあ。さっきからおったんかなあ。気づかなかった」

「外にもおる！」

大きなガラスの引き戸の向こうに、色とりどりの花の咲《さ》く庭が見える。その花の間を悠然《ゆうぜん》と黒猫が歩いていた。

玄関《げんかん》の扉《とびら》の下から白い顔の猫がひょこんと現《あらわ》れた。猫用の通路が作ってあるのだった。白い猫は、部屋に入ってくるなり、にゃあ、とひと声鳴いてソファーにジャンプし、しましまの猫のそばにうずくまって目を閉《と》じた。と、おハルさんがさっきの三毛猫を引き連れて戻《もど》ってきた。

「猫が、たくさんおるとですね」

「そう、猫と子どもはこの家では出入り自由なのよ」

おハルさんは、ウィンクをした。

「子どもも、ですか……？」

「そうよ」

「じゃあそのう、また遊びにきても、いいですか？」

「もちろんよ。かわいいものが好きな、かわいいお嬢《じょう》さんは、さらに大歓迎《だいかんげい》よ」

「また来ます！　私たち、もうすぐここに住むんです！」

「じゃあ、あそこに家を建ててる山田《やまだ》さんのお嬢《じょう》さんたちなのね。そうだと思ったわ」

「私たちの名前、どうして知っとうと？」

「こういう田舎《いなか》はね、なんでもわかっちゃうのよ」

「そうなんですか」

「こんな田舎に、すてきなお家が建って、すてきな人たちに暮《く》らしてもらえて、うれしいわ。かわいい娘《むすめ》さんが三人いるって、お父様にお会いしたとき聞いたのよ。えーと、あなたが一番上のおねえさまかしら」

「はい、真紀子《まきこ》といいます」

きまじめに姉が答えると、まきちゃんねえ、と、おハルさんはその頭をなぜた。あ、私もいい子いい子してもらえるのか、と思いながら、私は、加奈子《かなこ》です、と肩《かた》をすくめて言うと、かなちゃんねえ、と思った通り頭をやわらかくなぜてくれた。もうちっちゃい子でもないのに、と思って照《て》れ臭《くさ》かったけど、一瞬猫《いっしゅんねこ》になれた気がした。

「では、まきちゃん、かなちゃん、お近づきのしるしに、これをどうぞ」

おハルさんは、リボンのかけられた二つの包《つつ》みを取りだした。

「お姉さんは水色のリボン。妹さんは、ピンクのリボン」

それぞれの色のリボンの包みを受け取りながら、どうして私たちの好きな色がわかるんですか？　と姉がふしぎそうに尋《たず》ねた。私も同じ気持ちだった。姉は水色に、私はピンクのものにこだわって、小物はそれぞれの色を意識《いしき》して選んでいたのだ。でもそのとき私たちは小物を持っておらず、着ていた服にはこだわりの色のものはなかった。おそろいで頭に留《と》めていたピンの上の小さな花が、それぞれの好きな色だっただけだ。

「うふふ、カンよ、女のカン」

「中、あけてみてもいいですか？」

「ええ、もちろん」

ピンクのリボンをほどいて包みを開けると、真っ白なハンカチが現れた。まわりにぐるりと白い飾《かざ》りレースがつけてあり、ピンク色のウサギのワンポイント刺繍《ししゅう》がしてあった。姉がもらったものには、水色の小鳥が刺繍してあった。ふちどりのレースは、白と水色のグラデーションになっていた。

「こういうもの、よく作ってるのだけど、ちょうどあなたたちのイメージにぴったりだと思ったものをこの間作ったばっかりだったから、うれしくなって。あなたたちがここにこうして来てくれるのを、予感していたのかもしれないわ」

「これ、ぜんぶおハルさんが作ったんですか？」

「そうなの。こういう、かわいいものを作るのが、とても好きなのよ。好きなことをしてできたものだから、もらっていただけるかしら」

「すてき……」

森の中のすてきな魔法使《まほうつか》いにすてきなプレゼントをされたような気分だった。そのとき、ふと、気になることが頭をよぎった。

「あのう、おハルさん。実は、私たちには、もう一人、妹がいるんです。そのう、私たちだけがこんなにいいものもらっちゃったら……そのう……」

「あら、まあ。妹さんに、ずるーいって、言われちゃう？」

「かなちゃん、そんなの、気にせんでいいよ。とっこちゃんには黙《だま》っとけばよかよ」

姉が私の肩《かた》に手をおいた。その手の上に、おハルさんの大きな白いてのひらが重ねられた。

「こんどは、とっこちゃんを連れていらっしゃいな。そうしたらとっこちゃんのイメージにぴったりなものを用意しておくわよ。とりあえずはそうね、なにか……」

「いえ、そんな、妹の分もって、催促《さいそく》したわけじゃないです。こんなにすてきなものを、今日初めて会った人からもらってきたら、その、お母さんも、そんなあつかましいことしちゃいけませんって、言うやろうし……」

　おハルさんは両手を広げて私をふんわりと抱《だ》きしめた。ほんのり甘《あま》い匂《にお》いがした。

「猫《ねこ》と子どもは遠慮《えんりょ》なんてしなくていいのよ。大人《おとな》があげますよって言ったものは、よけいなことは考えずにもらってあげたらいいのよ。大人は、あなたたちのうれしそうな顔がいちばんうれしいんだから」

「はい……」

　おハルさんの腕《うで》の中で、顔がものすごく熱くなった。顔ぜんぶが真っ赤っかになっていたにちがいない。

「妹さんに」と持たされた瓶入《びんい》りのぶどうジャムを抱《かか》えて、私たちは森の中の家を出た。このあたりで収穫《しゅうかく》された採《と》れたてのぶどうを、おハルさんがことことことと、長い時間をかけて煮詰《につ》めて作ったものだそうだ。

　道を歩くとき、私は思わず姉の手を取った。

「とっこちゃんには、やっぱりハンカチのことは黙っておかんとね」

　姉はまっすぐに前を向いたまままそう言い、手をぎゅっと握《にぎ》り返《かえ》してきた。私がうん、と低い声で答えると、ちゃんと引《ひ》っ越《こ》したら、とっこちゃんもいつでも連れていけばいいし、と姉は言った。

「うん。ちゃんと引《ひ》っ越《こ》したら」

下りの道をゆっくり歩きながら、姉が口にした言葉を繰《く》り返しながら、空を見た。陽《ひ》が落ちかかった広い空が淡《あわ》い桃《もも》色にそまっていて、とてもきれいだな、と思った。こんなにたくさん空が見えるところで暮《く》らすのか、と思いはじめると、あのきれいな空が胸《むね》の中で膨《ぼう》張《ちょう》してくるようで、うれしいような苦しいような、なんとも言えない感じにおそわれたのだった。

帰《き》宅《たく》すると、ぶどうジャムは母にわたし、ハンカチは姉以外の家族に見つからないように、かばんの底《そこ》にしずかに押《お》し込《こ》んだ。

翌日《よくじつ》食パンにつけて食べたおハルさんのぶどうジャムは、それはもうすこぶるおいしかった。舌《した》の細胞《さいぼう》にすうっとしみこんでいくようななめらかなジャムの中に、ぶどうのエキスがぎゅうっとつまっていて、こんなに味わい深い甘《あま》さを感じたのは、初めてだった。

「おいしー、おいしー」と、妹は食べながらはしゃぎ、いつもは食パンの半分も食べなかったりするのに、ぶどうジャムをつけた食パンは、二枚《まい》もぺろり、と食べてしまったのだった。

「ぶどうジャム。とっこちゃんにすごい威力《いりょく》」

姉がそう言うと、いりょくって？　と、ぷっくりふくらんだおなかを押《お》さえながら、妹がきょとんと言った。

忘《わす》れられないぶどうジャムとともに、森の中に住むおハルさんのことも、記憶《きおく》に強く残ったのだった。


「オケラはね、こういうやわらかそうな土の中によくおるとよ」

咲子《さきこ》ちゃんが、空き地にしゃがんで教えてくれた。

「土がもこもこしとってね、ちっちゃい穴《あな》が見つかったら、おること多いよ」

「へえ」

「あ、ここ、ぜったいおるよ」

咲子ちゃんは、赤いペンキがほとんどはげている年季の入ったスコップで、穴を掘《ほ》る、というより、表面の土をさらさらとかきだすようにして穴のまわりをさぐった。

「あ」

そう声を上げると、持っていたスコップをころんと手放して指先で土をまさぐり、みっけ、と言いながら、なにかをつまみ出した。うれしそうな笑みを浮《う》かべる咲子ちゃんの指先には、もぞもぞと動くなにものかがいる。それはまぎれもなく、教室でみんながヤクルトの容器《ようき》から取りだしていたアレだ。オケラだ。

咲子《さきこ》ちゃんは、オケラのお腹《なか》をつまんでいる指にそっと力を入れて、カマを広げさせた。虫なのに、かわいい。

「うん、げんき、げんき。かなちゃん、この子もっていく?」

「え、それをくれると? あ、でも、よかよ、自分で見つけるけん」

「そう?」

「うん。ありがと。もう見つけかたわかったけん、自分で探《さが》してみる」

「そんなら、この子あたしが連れて帰ろうっと」

咲子ちゃんが、にまっと笑った。

「うん」

咲子ちゃんと別れて、私は一人でオケラを探す使命に燃《も》えた。足もとの土をよく見ると、さっきオケラを見つけたときのような、もこもこしているところが見つかったので、咲子ちゃんがしていたように、まずは持参したスコップでそっと土をかきだした。と、土の中でなにかが動いたのがわかった。あわててスコップを置いて、指をつかって土をかきわけ、オケラを探した。しかし、ここだ、と思って掘《ほ》った場所にはオケラは見つからなかった。

「たしかにここにおったはずやったのに……」

ふう、と土にむかって溜息《ためいき》をついたら、息がかかって驚《おどろ》いたかのように、ひょろっと、なにかが出てきた。オケラだ。土の中から頭を出し、カマを使って外に出ようとしているのか、コオロギのような茶色い身体をふるふると動かしている。なんだか、バカっぽい。指をそっと近づけてみる。一瞬《いっしゅん》逃《に》げようとする気配を見せたが、動作はさほど早くなく、簡単《かんたん》に捕《と》らえられた。指でつまんで土の中からそっとつまみ上げた。ぶらんと垂《た》れ下がった、ぷっくりとふくらんだお腹を前後に小さく動かしてもがいている。

そのお腹を、ほんの少しだけ押《お》してみた。やわらかい。ふわっとカマを広げた。舞台《ぶたい》の上で、すごーく驚いたポーズをしている人みたいに。

か、かわいい。虫を飼《か》ったりする趣味《しゅみ》はなかったけど、これはそばでずっと眺《なが》めていたいかわいさだと思う。

持参してきたヤクルトの容器には、すでにやわらかい土を入れてある。そこにぽとりとオケラを落とし入れた。ついに私の、私だけのオケラが手に入った。「おまえのちんこどーんくらい」のあの遊びがやっとできる、と、うきうきしながら家に帰った。歩きながら「♪ぼくらはみんな生きている～」と歌が口をついて出てきた。「♪ミミズだーって、オケラだーって」と歌ったところで、あ、と思った。あの歌の「オケラ」って、このオケラのことだったのかあ。

しかし考えてみれば、今まで犬も猫《ねこ》も鳥も、カブトムシみたいな昆虫《こんちゅう》だって飼《か》ったことがなかった。初めて自分だけの動物を飼おうとしてるんだと思うと、オケラ入りヤクルトを握《にぎ》る手が熱くなる気がした。

初めて飼うペットがオケラってどうなんだろう、とも思いながら。

長い一本道を、家に向かって進んでいると、道の向こうのバス停《てい》に人が立っているのが見えた。白い髪《かみ》が、風にふわふわと揺《ゆ》れている。淡《あわ》いベージュのワンピースに、白いカーディガンを着ていて、ハイカラなおばあちゃんだなあと、ぼんやりと見ていたら、かなちゃーんとその人が手を振《ふ》って呼《よ》びかけてきたので、びっくりした。よく見るとおハルさんだった。いつもサロペットを着ているので、気がつかなかったのだ。あわてて手を振り返しながら、道をわたった。

おハルさんは、大きな紙袋《かみぶくろ》を二つ持っていた。

「おハルさん、これからバスに乗ると？」

「そうよ。バスに乗って、電車に乗って、またバスに乗って」

「どこへいくと？」

「あのね、慰問《いもん》にいくの」

「いもん？」

「いろいろ頼《たの》まれていたものとか、作ったものなんかを、差し入れにいくのよ」

「差し入れ？　なにを？」

「今日はねえ、本と、雑誌《ざっし》と、クッションと、てぬぐいと、クッキーよ」

「その人に、似合《にあ》うから？」

自分がハンカチをもらったときのことを思いだしてそう言うと、おハルさんは目尻《めじり》にしわを寄《よ》せて、からからと高い声で笑った。

「そうね、その通りよ、かなちゃん。正解《せいかい》です」

そう言うおハルさんの顔はいたずらっ子のようで、自分はからかわれているのだととっさに思った。でも、こんなに、にっこにこのおハルさんにからかわれるのは、むしろ楽しい気持ちになれる。

「あら、バスが来たわ。じゃあまたね、かなちゃん」

「はい」

バスに乗り込《こ》んだおハルさんに手を振《ふ》ると、バスの窓《まど》ごしに、おハルさんも手を振ってくれた。私はそのバスが一本道をゆっくりと遠ざかり、すっかり見えなくなるまでじっとそこに立っていた。この道のずっと先に、これからおハルさんが電車に乗り込むだろう駅があるのを知っている。この村から一番近い駅だけど、もし歩いて駅まで行ったとしたらどのくらいかかるのか、見当もつかない。


家に帰って、オケラ入りヤクルトにはガーゼの蓋《ふた》をして輪ゴムで留《と》め、明日に備《そな》えた。

「ねえ、お母さん、おハルさんがバス停《てい》におったよ」

母に話すと、おハルさんは、お元気よねえ、さすがアメリカ帰りのおばあちゃんだけのことはある、という答えが返ってきた。

「え、おハルさんって、アメリカに住んどったと？」

「そうよ、むこうでお仕事をしてたみたいね」

「わあ、かっこいい〜。だけん、あんなにおしゃれなおばあちゃんなんだ」

「料理も上手なんよね」

「うん、うん。刺繡《ししゅう》も！」

「もともと、この辺でもとってもいいおうちのお嬢《じょう》さんやったらしいわよ。でも、時代が時代やったけんねえ。アメリカで一生懸命《いっしょうけんめい》働いたお金で、親戚《しんせき》が手放そうとしたこの辺りの土地を買ったんやって」

「すごい人なんやねえ」

「おハルさん、今日もバスに乗って、また死刑囚《しけいしゅう》に会いに行かれたのかしらねえ」

「え、しけいしゅうって……あの……？」

「そう、死刑が決まっとる人のことよ。おハルさん、自分でつくったクッションとか保存《ほぞん》食《しょく》とかを持って、慰問《いもん》に行ってるらしいの」

慰問。たしかにおハルさんもそう言っていた。私はおハルさんが持っていた、たくさんの荷物《にもつ》をすぐに思い出した。

あれはみんな、死刑囚の人のための……？


翌朝《よくあさ》、ランドセルを背負《せお》って靴《くつ》を履《は》いてから、玄関《げんかん》に置いておいたヤクルトの容器《ようき》をそっと手に取った。中には私のオケラが入っている。行ってきまーす、と言いながら、指で包《つつ》んだ容器を落とさないようにしっかり握《にぎ》った。

姉が靴を履きながら、なにそれ、とヤクルトを指差した。

「これ、知らんと!?」

「え、なに?」

「まきちゃんのクラス、これ、持ってきとらんと?」

「だけん、なにそれ」

どうやら姉の五年生では、オケラ遊びは流行《はや》っていないらしい。へえ、知らんったい、と流行遅《おく》れの人に言うような口調がつい出てしまった。姉はその瞬間《しゅんかん》にバカにされたと感じたのか、へんなの、とひとこと言って、ぷいっとかけ出していってしまった。

そんな心の狭《せま》い姉を追いかけることなく、私は坂をゆっくりと下りて、咲子《さきこ》ちゃんちの庭の中に入っていった。と、咲子ちゃんのお姉ちゃんの三恵子《みえこ》ちゃんと連れ立って歩いてきた姉とすれ違《ちが》った。三恵子ちゃんは私の顔を見ておはよー、と言ってくれたけど、姉は横を向いたままだった。

あらら、と思ったけどまあいいや、とも思って、さーきこちゃーん、と歌うように咲子ちゃんを呼《よ》んだ。庭に放《はな》し飼《が》いにされているニワトリがコケコケ鳴いて、咲子《さきこ》ちゃんが家の中から出てきた。手にはオケラが入っているであろうヤクルトの容器《ようき》。お互《たが》いのヤクルトに目線を送ったあと、目を合わせて、ふふふふふふ、と一緒《いっしょ》に笑った。

ついにオケラデビューだ。対戦するのだ。私も、この村の子どもになるのだ。胸《むね》の高鳴りを感じながら、学校への長い道を、小学生の作る列の一部となって歩いた。

すっかり晴れわたった空の下には、気持ちのいい乾《かわ》いた風が吹《ふ》いていて、身体を通過《つうか》する空気には、青々となびく稲《いね》の匂《にお》いがした。道路の上には一匹《ぴき》の蛙《かえる》もおらず、水田の中で低い声を響《ひび》かせているだけだった。蛙の轢死体《れきしたい》は私の正気を失わせたが、声を聞くだけなら、心地よいほどである。

雨と晴れ。今まで何度も何度も経験してきたこの対照的な天気の差を、この日ほど大きく感じたことはなかった。雨は地獄《じごく》で、晴れは天国。そして手の中には、私のオケラ。

学校に到着《とうちゃく》するなり、机《つくえ》の上にヤクルトの容器を置いた。見まわすと、クラスの子の机の上のほとんどに、それがあった。私はそれを頼《たの》もしいような気持ちで見わたしながら、初めての対戦相手は誰《だれ》がいいか、思案した。公太《こうた》くんや信司《しんじ》くんと対戦して勝ってみたいけれど、最初の対戦は女の子がいいな、と思った。ふと、高子《たかこ》ちゃんと目が合った。はっとして視線《しせん》を落とすと、高子ちゃんの手元にももちろんヤクルトの容器。

「かなちゃんもオケラ持ってきたとね！」

高子ちゃんが気づいて声を上げた。

「う、うん……」

照れくさいような、うれしいような心地がしてうつむいた。

「対戦すると？」

高子ちゃんがヤクルトを目の前に差し出した。

「うん」

顔を上げてしっかりうなずき、ガーゼのゴムをはずしてオケラをそっとつまみ出した。指の先で、オケラがもぞもぞと動いた。ちょっと気持ちわるい。でも、ちょっとかわいい。

高子ちゃんもすでに取り出している。高子ちゃんの指先に、もぞもぞと動く茶色いオケラ。

高子ちゃんと目が合った。にっこり笑ってうなずく。なんだかどきどきしてきた。高子ちゃんの目が急にいたずらっ子のようになって、せーの、と合図をした。

「おまえのちんこ、どーんくらい」

高子《たかこ》ちゃんの声に合わせて自分でもびっくりするほどすんなりと、例の掛《か》け声が出た。すかさずオケラのお腹《なか》をそっと押《お》す。ふわんとカマを広げた。

勝負。

あきらかに高子ちゃんのオケラのカマの方が大きくて、広げ方もダイナミックだった。

「わあ、勝ったー」

高子ちゃんがうれしそうに小さくガッツポーズをした。あー、負けちゃったあ、と笑顔をつくりながら、内心なんだかくやしかった。私のオケラは、私自身と同じように他と比べて身体が小さかったのだ。

勝負の終わったオケラをヤクルトの容器《ようき》に戻《もど》し、ガーゼの蓋《ふた》をかぶせて輪ゴムをはめようとしたところで、ウオーという、うなるような男子の声が聞こえてきた。

「オケラが逃《に》げたー」

声のした方に振《ふ》り向いてみると、みな床《ゆか》にしゃがんで逃げたオケラを捜《さが》していた。

えー、誰《だれ》のおー？　どっち？　どこいったと？　えー踏《ふ》んじゃうよう、キャー、などという声が入り乱れ、教室は騒然《そうぜん》となった。

そのとき、教室の引き戸が引かれ、福原《ふくはら》先生が入ってきた。

「なにごと!?」

福原先生は、教卓《きょうたく》に閻魔帳《えんまちょう》と呼《よ》ばれている黒い帳面を置きながら大きな声で言った。

「オケラでーす」

誰かが高い声をあげた。

「泰《やす》くんのオケラが逃げたので、みんなで捜してるんです」

春江《はるえ》ちゃんが立ち上がって、先生をまっすぐに見つめながら言った。泰くんは床《ゆか》によつんばいになってオケラを捜している。

「おったー!」

泰くんが大きな声を上げて、腕《うで》をのばした。

「じゃあ泰くん、それをすぐにしまって。みんなも早く席につきなさい」

みんな興奮《こうふん》していてざわついたままだったので、先生は叫《さけ》ぶようにそう言って、腕組みをして教室が落ちつくのを待った。先生が眉間《みけん》にしわを寄《よ》せたまま、押《お》し黙《だま》っていることに気づいた生徒たちは、椅子《いす》に座《すわ》ったまま、やがてしんとしずまりかえった。

「みんながそのヤクルトの中に、オケラを入れて持ってきていることは知っています。それで楽しく遊んでいることも、知っていました」

先生は、ふうっと溜息《ためいき》をついて、教室を軽く見わたした。

「オケラで遊ぶの、楽しかった？」

先生は泰《やすし》くんの顔を見ながら言った。

「あ、はい……。楽しかったとです」

「そう……。君たちが楽しく遊んでいることを、邪魔《じゃま》するつもりはないけれど、指でつまんで遊んでるそれは、なんだと思う？」

先生は、もう一度泰くんを見た。泰くんは肩《かた》をすくめてうつむいたまま、オケラは、虫です、と答えた。

「虫は、おもちゃと同じかな？」

先生は、低い声でそう言ったあと、しずまりかえった教室に、ちがうよね、と続けた。

「君たちがもしオケラだったとして、自分の家の中の土から突然《とつぜん》引きずり出されて、なんだかよくわからない狭《せま》い場所に閉《と》じ込《こ》められて、また突然引き出されてお腹《なか》を押されて、なんてされたらどんな気持ちになるか、一度目を閉《と》じて想像《そうぞう》してみてください」

私は言われた通り目を閉じて、オケラになったつもりになった。巨大《きょだい》な二本の太い棒《ぼう》のような指が、迫《せま》ってくる。逃《に》げ場もないままつかまり、ぽと、とうす暗い場所に突然落とされてしまう。砂がある。壁《かべ》はつるつるしていて這《は》い上がれない。見たこともない砂の中にもぐっていくしかない。ああ、なんだか辛《つら》い。

教室中が神妙《しんみよう》な雰囲気《ふんいき》になった。

「さっきの泰くんのように、教室に逃がしてしまったら、誰《だれ》かに踏《ふ》まれて死んでしまうかもしれません。一度死んでしまったらもう二度と生き返れないのは、みなさんも知っていますね？」

はい、という返事がざわざわと広がった。

「オケラは、小さな、弱い虫です。ここに連れてこられただけでひどく疲《つか》れきっています。みんなにつまみ出されているうちに死んでしまうかもしれません。オケラは、本来自然の中で生きる生き物です。ここは学校です。人間の子どもたちが勉強をするところです。虫を使って遊ぶ場ではありません。これからは、オケラを学校に持ち込《こ》んで遊んではいけません。いいですね」

えー、という残念《ざんねん》そうな声に、はーいという声がかぶさった。私は、机《つくえ》の上に置いた、デビューしたばかりのオケラ入りのヤクルトを見た。デビュー戦で敗退《はいたい》。以後試合できず、か。と思ったけれど、なんとなくほっとした気もする。

「先生」

公太《こうた》くんが手を上げて立ち上がった。

「学校に持ってこんかったら、よかですか？　外でなら試合しても、よかですか？」

先生は、そうねえ、と少し考えてから、続けた。

「学校の外で君たちがどんなふうに遊ぶかについては、先生には、基本的《きほんてき》になにも言えません。でも、オケラに接《せっ》するときは、オケラの気持ちをいつも考えておくようにして、とお願いしておきます」

「オケラに気持ちって、あるとか」

実《みのる》くんと幸夫《ゆきお》くんが、ひそひそと話した。しかし先生にはしっかり聞こえたらしい。

「オケラにも、気持ちはあります。犬にも猫《ねこ》にも、虫にも花にも、気持ちはあるのです。言葉が使えなくても、生きているものにはみーんな、気持ちはあるんです」

そう言い終えると、福原《ふくはら》先生は、閻魔帳《えんまちょう》をふたたび抱《かか》えて、教室の戸をガラガラと引いた。

「今からみんなで、その子たちを自然に返してあげにいきましょう」

ええ、今からあ？　うそお、ほんとお？　などとざわしたが、福原先生は聞く耳を持たない、といった雰囲気《ふんいき》でさっさと廊下《ろうか》に出ていった。先生の有無を言わさぬ態度《たいど》に圧倒《あっとう》されたように、みな大人《おとな》しくオケラ入りヤクルトを握《にぎ》って先生に従《したが》った。

それから、それぞれがオケラを捕《つか》まえた場所まで、近い場所から順にみんなでぞろぞろついていった。校庭のすみ、空き地、庭、公園、畑、山の中など、次々に移動《いどう》して、オケラを放った。

私の番がめぐってきて、土の上に置いた私のオケラは、しばらくなにが起こったかわからない、というふうに動きを止めたが、そのうちにもぞもぞと動きはじめ、土の間に入りこんで見えなくなった。

私の初めてのペット。なんて短い間の。オケラには、辛《つら》い思いをさせてしまっていたのかなあ。ごめんよ。そういえば、名前もつけてあげてなかった。

「あらあ、みなさんおそろいで。お散歩かしら？」

サロペット姿《すがた》のおハルさんだった。

「あー、おハルさんだあ。おハルさーん」

あっという間におハルさんは子どもたちに囲まれてしまった。すごい、人気者なんだな。あっけに取られて、その輪の中には入れないまま、もじもじしてしまった。と、おハルさんと目が合った。とたんに目尻《めじり》にたくさんのしわを寄《よ》せて、おハルさんがにっこり笑ってくれた。なんてかわいい笑顔なんだろう、とドキドキした。

「子どもたちが学校に持ってきたオケラを、もといた場所に返すためのお散歩なんですよ」

福原《ふくはら》先生がそう説明すると、おハルさんは、あらあ、それは、すてきなことですねえ、と目を見開いた。瞳《ひとみ》に太陽の光が入り、透《す》き通った。

「ねえ、おハルさんち、また遊びにいってよかですか？」

春江《はるえ》ちゃんが言うと、おハルさんはもちろん、と即答《そくとう》した。オレも行くー、あたしもー、という声が次々に起こった。私もそっとその声に参加した。おハルさんは、その声に一つひとつ応《こた》えるようにうなずいたあと、じゃあみなさん、またね、と手を振《ふ》って去っていった。

そうしてすべてのオケラを自然に返して、みんなで教室に戻《もど》ったときには、お昼が近かった。みな空《から》になったヤクルトの容器《ようき》を手に持って、なんだかはればれとした顔をしていた。突然《とつぜん》企画された遠足のようなオケラ放出イベントに、ちょっと興奮状態《こうふんじょうたい》になっていた。

「今日授業《じゅぎょう》ができなかった分は、こんど必ず補習《ほしゅう》授業をしますからねえ」

そんな先生のひとことで、みなの興奮は一気にさめてしまったのだった。

咲子《さきこ》ちゃんと高子《たかこ》ちゃんと春江ちゃんとで学校から歩いて帰りながら、私たち、オケラに悪いことし続けちゃったのかなあ、とみんなに話しかけた。

「うん、そうなのかも……」咲子ちゃんは、しんみりと答えた。

でも、オケラ、かわいかったね、うん、かわいかったと、とオケラをかわいいと思っていたことで一致《いっち》した。

「もし、あんなふうにつかまえて遊んだりすることを知らんかったら、オケラを見つけたときは、ただの気持ち悪い虫やって思った気がする」私も思ったことを言った。

「わたしも、そう思うとよ」咲子ちゃんが目を輝《かがや》かせた。

「オケラがかわいいって思ったそのことは、悪いことやないって気がする」

「うん、そう！　そうそう！　そうだよ！　案外かわいいかよ、虫って！」

高子ちゃんも春江ちゃんも元気に続けた。

「ここには、かわいい虫が他にもおるから、これから楽しみやね、かなちゃん！」

咲子ちゃんの声のトーンが急に上がったので、ちょっと驚《おどろ》いた。

「で、でも、オケラみたいに捕《つか》まえてきて遊んだりするのは、ダメよね」

「うん。でもホタルをてのひらの中で光らせるくらいなら、よかよね」

「ホタル!?　あの、ほ、ほ、ほーたるこい、っていう、あれ？」

「そう、こっちのみぃずは、あぁまいよ、の、ホタル。ホタルのいっぱいおるとこ知っとうし、もう少ししたらいっぱい飛ぶけん、行こうよ」

「そうそう、ここはホタル、きれいなんよ」春江《はるえ》ちゃんが続けた。

「わあ、ほんと!? うれしか〜」

うっとりとした気分になって目を閉《と》じると、頭の中に、写真でしか見たことがない、ホタルの小さな黄色い光が、きらりきらりと点滅《てんめつ》した。

すてき。心の中でつぶやいて目を開けると、目の前にいるはずの咲子《さきこ》ちゃんたちの姿《すがた》がなかった。あれ、と思って探《さが》すと、少し前の方で三人がしゃがんでいた。小走りで近づくと、私に気づいて、高子《たかこ》ちゃんがすっくと立ち上がった。右手には、ふわふわした白い穂《ほ》のついた草を握《にぎ》っている。

それなあに？ と尋《たず》ねると、これ、食べられるんよ、と高子ちゃんは草を私に差し出した。

え？ と戸惑《とまど》いながらも、私はそれを受け取った。

「これが、食べられると？」

「食べられると、食べられると」咲子ちゃんと春江ちゃんが同時に笑った。

ふわふわした稲《いね》の先のようなものにさわりながら、この白いふわふわしたとこに、お醬《しょう》油《ゆ》をつけて食べるとおいしいんよ、と高子ちゃんは教えてくれた。

「醤油を、ここにつけて、食べるん？　この草を？　生《なま》で？」

高子ちゃんが淡々《たんたん》とする説明に、心からびっくりして、つんのめるように質問《しつもん》をした。

「うん。噛《か》んでると、ちょっとあまくなると。そういう草やけん。これ、ぜんぶ、かなちゃんにあげる」

もしかすると高子ちゃんがデタラメを言っていて、からかわれているのでは、とも思ったけれど、このニコニコ顔になにかの含《ふく》みがあるとは思えない。白綿《しろわた》の草をおずおずと受け取った。

「一緒《いっしょ》に食べよっか？　食べ方、教えちゃあよ」

私の内面の戸惑いを読み取ったかのように、高子ちゃんが提案《ていあん》してくれた。一緒に食べるということなら、絶対《ぜったい》にからかったりしているわけではないのだろう。私はうれしい顔をつくって、うん、と答えた。

春江ちゃんは家に帰ったけれど、私と咲子ちゃんはそのまま高子ちゃんの家におじゃました。そこで早速食べた草の穂先《ほさき》のふわふわは、たしかにほんのりあまくて、ちょっぴりつけた醤油《しょうゆ》の味とからみあって不思議な味わいだった。草野原の風を、ぎゅっと凝縮《ぎょうしゅく》して口の中に入れているような。

すぐにおいしい！　と口をついて出てくるような味ではないけれど、なんというか、大切に噛《か》めばよさがわかるような、しずかな味だと思った。

「なんか、おいしい」

そう言うと、高子《たかこ》ちゃんはにんまり笑った。と、同時に背中《せなか》から、笑い声まじりの声が聞こえてきた。

「そんなん食べるの、ここいらの子だけやけん、無理しとらんね」

高子ちゃんちのおばあさんである。みんなで摘《つ》んだ草を洗《あら》ってお皿に盛《も》って出してくれたのだった。

「そんなことないです、初めて食べたけど、わりとおいしいです」

「あらあ、すごかねえ。いい子やねえ。こういうのもおいしいと思えたら、すぐにここになじめるやろうねえ」

おばあさんの目が細くなった。

「おばあちゃん、今日は、みんなでオケラを外に返したとよ」

高子ちゃんが突然《とつぜん》話題を変えた。

「オケラ？　ああ、あのヤクルトに入れとった、あれか？　そうか。まあなあ、学校に虫こ
ろげな持ってったら、ほんとはいかんけんなあ」

「先生が、オケラの気持ちになりなさい、って」

私がそう言ったとたん、おばあさんがからからと笑った。

「オケラみたいなちっこい虫に、気持ちげなあるわけなかろうもん」

「オケラにも、気持ちはあるよ！　先生が、はっきりそう言いんしゃったもん！」

高子ちゃんが急にムキになって大きな声で言った。

「あっはははあ、そっか。そんなら、そうかもしれんねえ」

「もう！　おハルさんも、オケラを放してあげるのは、すてきなことだって言っとったよ」

高子ちゃんがそう言ったとたん、おばあさんの顔から突然《とつぜん》、笑みが消えた。

「おハルさん……、あの、篠山《しのやま》ハルさんね」

低い声だった。なにごとだろうと思った私は、あの、森の奥《おく》の、あの……、と人違《ひとちが》いでは
ないことを確《たし》かめるように高子ちゃんのおばあさんに語りかけた。

「かわいいものをいっぱいつくってる、あの……」

「それは、知っとうよ。でもあんたら、ああゆうの、どこに持っていっとるか、知っとうとか？」

「え……」

「みんなには、関係ないけん」

高子《たかこ》ちゃんは、ささやくような声でおばあさんの袖《そで》を引っぱりながら言った。

「死刑囚《しけいしゅう》よ。死刑囚に直接《ちょくせつ》会《お》うとると。死刑囚ゆうたら、そらあ、とんでもないわっるいことした人間たい」

おばあさんの目が据《す》わっている。

「おばあちゃん！」

高子ちゃんが立ち上がった。

「もう、よかよか、よかとよ！　もうその話は、せんけんね。いこ」

怒《おこ》った顔の高子ちゃんにひっぱられるようにして外に出た。咲子《さきこ》ちゃんも下を向いたまま黙《だま》って庭を横切り、道に出た。私もなにを言っていいのかわからず、黙ってついていくことしかできなかった。庭を早足で横切るとき、ココッ、ココッ、ココッ、とニワトリの絞《しぼ》り出すような声だけが光さす庭に響《ひび》いた。

家の前の坂を下りながら、うちのおばあちゃん、と高子ちゃんが低い声をやっと出した。

「あんまりよく思っとらんとよ、おハルさんのこと」

「そうなん？」

「死刑囚を見舞《みま》うなんて、気持ち悪いって」

「気持ち悪い……？」

高子ちゃんが、うつむいたまま立ち止まった。

「ものすごく悪いことして、死んだほうがいいってみんなに思われとるような人に、同情《どうじょう》げなせんでよかって。うっかりそういう人に関わると、なんか悪いもんも寄《よ》ってきそうで、怖《こわ》くて気持ち悪いって。やけど、私は、そんなふうに思うのはよくないって、なんとなく思っとう」

少し沈黙《ちんもく》が流れたあと、「私もそう思うよ」と咲子ちゃんが少し強い声で言った。

「おハルさんには、おハルさんの気持ちがあって、それでやってることなんやけん、なんもわからんまま気持ち悪いとか思ったらいかんって、思う」

咲子ちゃんは顔を上げて、私の方をまっすぐに見た。

「かなちゃんはどう思う？　おハルさんが、そういう人に、会いにいきようこと」

咲子《さきこ》ちゃんの、うるんだ茶色い瞳《ひとみ》がまっすぐに私の目を見ている。急に喉《のど》がカラカラになってきて、思わずごくりと唾《つば》を飲んだ。

「どう思うって……」

低い声でそう言いながら、真剣《しんけん》な咲子ちゃんの瞳から目をそらすようにうつむいた。言葉は続かなかった。しばらくして咲子ちゃんが、ごめん、と言った。

「そんなの、急に言われても、困《こま》るよね」

「ううん……」

顔を上げて笑顔をつくったつもりだったけど、なんだか引きつっていたような気がする。すぐに、咲子ちゃんの気持ちすごくよくわかるよ、と同意してあげればいいのだと思うけど、ちゃんと考えて、ほんとうに思ったことを言わなくてはいけないような気がして、頭の中がもやもやして、結局どう答えればいいのかわからなくなったのだ。

さっき食べた草の後味が、急に舌《した》の裏側《うらがわ》から沁《し》み出してくるように苦くなった。唾がねばねばしてきた。気持ちが変わると、草の味も変わってしまうんだな、と思った。

「ねえ、まきちゃん」

姉に話しかけると、あ〜〜〜〜？　と震《ふる》える声が返ってきた。扇風機《せんぷうき》の風で洗《あら》った髪《かみ》を乾《かわ》かしていたので、風で声が震えるのだ。外からは蛙《かえる》の鳴く声がしきりに聞こえてくる。

「おハルさんのこと、知っとう？」

「知っとうって〜、知っとうに〜きまっとう〜と〜よ〜」

「そうじゃなくてさあ〜。おハルさんが、きれいな服着て、たくさんの荷物持っていっとる場所〜」

「ん〜？　なんそれ〜〜〜」

死刑囚《しけいしゅう》の人のところへ行ってることをどう思うか訊《き》いてみたかったのだが、扇風機に声を震わせながらする話でもないような気がして、やっぱいいや、と言って立ち上がった。

広い庭に出られる縁側《えんがわ》のガラスサッシを引いて、くつ脱《ぬ》ぎ石の上に置いてあるつっかけに裸足《はだし》の足を差し入れた。ひんやりと湿《しめ》っていた。そのまま庭を歩いた。母の焼く魚の匂《にお》いがほんのりと鼻に入り、青い草の匂いとまじりあった。

庭の端《はし》に母が植えたインゲン豆《まめ》の苗《なえ》からつるが伸《の》びて、竹で作られた添《そ》え木に順調にからんできているのをぼんやりと見た。その横の畑では、ジャガイモの芽《め》が伸びて、緑の大きな葉が何枚《まい》もついていた。ちょっと見ないでいた間に、ぐんぐん育っている気がする。足元の芝生《しばふ》もきれいな黄緑色で、ふさふさしている。芝生の間からは別の草もつんつんと伸びてきている。

すごいなあ、と思う。ここは生き物の気配がむんむんしている。むんむんむんむん。洗《あら》いっ放しの自分の髪《かみ》も、むんむんの一部分であるかのような気がしてきた。むんむんむん。むんむんしながら、咲子《さきこ》ちゃんの言葉を思い返していた。

《おハルさんには、おハルさんの気持ちがあって、それでやってることなんやけん、なんもわからんまま気持ち悪いとか思ったらいかんって》

咲子ちゃんは、正しいと思う。だけど高子《たかこ》ちゃんのおばあさんが「気持ち悪い」と口に出したときの気持ちも、少しわかる気がする。福原《ふくはら》先生によるとオケラにもあるらしい「気持ち」は、もちろん全部の人間にもあって、自分にあるのはもちろん知ってるし、咲子ちゃんにもあるし、高子ちゃんのおばあさんにもあるし、おハルさんにもある。一人ひとり気持ちはいろいろなんだと思う。そしておハルさんが、かわいいものを届《とど》けているらしい死刑囚《しけいしゅう》の人にもあるのだ。

どうして人を殺したのって、あのやさしい声で聞いたりするんだろうか、おハルさんは。その場面を想像《そうぞう》してぶるっと震《ふる》えた。想像の中で、おハルさんの目の前にいる死刑囚は、なんにも見えない押《お》し入れの中みたいに真っ黒だ。二人の間には、白いハンカチが置かれている。白いハンカチの隅《すみ》には赤いてんとう虫の刺繡《ししゅう》なんかがしてある。黒い顔の人が、黒い指でそれを触《さわ》った。

そんなことを想像していると、なんだか急に悲しい気持ちになってきて、悲しい気持ちが増《ま》してくるほど、黒い人の色がだんだんうすくなってきて、普通《ふつう》の人の肌《はだ》の色《いろ》に近づいてくる。顔が、うかんできそうになる。

やだやだ。

私はまぶたにしわが寄《よ》るくらいきつく目を閉《と》じて、激《はげ》しく頭を振《ふ》った。

やだやだ。なにがやなのかわからないけど、やだやだ。

目を閉《と》じたまま深呼吸《しんこきゅう》をした。魚の匂《にお》い。洗い立ての髪の匂い。草の匂い。空から降《お》りてきた湿《しめ》った匂い。それから、森の匂いもまじっている。森の中にはおハルさんが住んでいる。

「なにしよると?」

姉の声が聞こえて目をあけた。

「……べつに……」

「さっき、なんか言いかけとらんかった？」

「え、ああ、うん……えっと、さあ……」

「なん？」

「死刑囚《しけいしゅう》の人って、どう思う？」

「え、し……？」

姉が少し顔をしかめた。その頬《ほほ》に、乾《かわ》いたばかりの黒い髪《かみ》が風に吹《ふ》かれて当たった。

「死刑囚、の、人」

かみしめるように、ゆっくりと言った。

「え、なんで？　なんでそんなこと、急に聞くと？」

「うん。あのね、おハルさんがね」

「おハルさんが？」

「死刑囚の人のところに差し入れ持っていっとるんやって」

「へえ……」

「あれ、まきちゃんおどろかんと?」

「だって、あのおハルさんなら、そういうこともしそうやん」

「え、そうなの? なんで?」

「なんでって、なんとなく。なんか、ふつうのおばあさんとは、ちがうし」

「それは、そうやけど……」

「まきちゃーん、かなちゃーん」

妹が、かけてきた。

「ごはんできたってー。よんできてってー」

その鼻にかかった声を聞くと、急にお腹《なか》がきゅるきゅると鳴った。おハルさんのことを姉が驚《おどろ》かなかったことで、私は不思議に安堵《あんど》していた。


近所のお寺で習字を教えていることを母がどこからか聞きつけてきて、姉と二人で通うことになった。市内の団地にいたころも、個人宅《こじんたく》で教えているところに、二年生から通わされていた。「通っていた」と素直《すなお》に言いたいところだが、「通わされていた」という方が正確《せいかく》だと思う。

母は、自分が悪筆《あくひつ》であることを恥《は》ずかしく思っていたらしく、習字は大事、習字は大事、と言ってぐいぐい手を引いて教室に連れていったのだが、残念ながら悪筆というものは遺伝《いでん》してしまうのである。習字を習い続けてきたというのに、一年生のころに比べてたくさん文字を書かなければいけなくなって、どんどん字が乱暴《らんぼう》に、へたくそになっていくばかりだった。

もちろん、この下手な字が、なんとかなるものならなんとかしたいとは思っていた。墨《すみ》をすって、筆に墨を含《ふく》ませて、白い紙の上で筆をすべらせる一連の行為《こうい》は、嫌《きら》いではなかった。むしろ好きだった。好きなのに、いくら書いても書いても、満足がいくものができないのは、くやしいというより悲しいのだった。筆をぐっと紙に押《お》し付《つ》けた瞬間《しゅんかん》は、お、今度こそうまくいく、と思えるのだが、ぐぐっと伸《の》ばして、角を曲がって次の曲げに入るころには、あ、失敗した、とわかる。しかし書くべき文字はまだまだ続く。絶望的《ぜつぼうてき》な気持ちを抱《かか》えながら、筆を動かす虚《むな》しさは、悲しみに通じるのであった。

あれをまた続けるのかあ、と思いながらも、お寺の本堂を利用した習字教室は、涼《すず》しい風が吹き抜《ふぬ》けて気持ちがよかった。お香《こう》やお堂の木の香りも、祖母《そぼ》の家を思い出すようで、なつかしい気持ちになった。

四年一組からは、木村義信《きむらよしのぶ》くんと伊藤《いとう》みゆきちゃんも来ていた。お習字の中津《なかつ》先生は、ぶあつい黒縁《くろぶち》の眼鏡《めがね》をかけていたけれど、のんびりした低い声がやさしげで、先生が直してくれる朱色《しゅいろ》の文字も、なんとなくやさしげに見えた。

中津先生は、広島の原爆《げんばく》で家族を失い、親戚中《しんせきじゅう》をわたりあるいて、最後に福岡《ふくおか》にやってきたのだという。

「じっとしとったら、たまらん気持ちになってくるけん、字、読むか、書くか、いっつもしとったけえ、字はうまくなったとよ。きみらもたくさん書いたら、ぜったいうまくなるけんね」

それが中津先生の口癖《くちぐせ》だった。

「読むのも好きやったと?」

「ああ、好きやったねえ。本読んどるあいだは、そっちの国の人間になれるけんね。そっちの国におる方が楽やし、おもしろかったしな。そんな質問《しつもん》するっちゅうことは、カナコは、本が好きか?」

中津先生はなぜか子どもの名前に「ちゃん」や「くん」をつけず、みんな呼《よ》び捨《す》てにしていた。最初はちょっとドキッとしたけれど、親戚《しんせき》のお兄ちゃんに遊んでもらっているときのような親しさがあって、呼《よ》ばれるたびにいいな、と思っていた。

「そっちの国の人間になれるっていうの、先生、すごいわかります」

「そうか。そんなら先生の本、借りていったらよかぞ」

「わあ。はい、ありがとうございます」

あんまりうれしくて、声が裏返《うらがえ》ってしまった。

お寺の隅《すみ》に、中津《なかつ》先生のつくった「なかつ文庫」があり、貸《か》し出しノートに名前を書いていけば本を借りていけるようになっていたのだ。私は、お習字のお手本を見るより熱心に文庫の棚《たな》を見つめ、『海底《かいてい》二万里《にまんり》』という題の本を手に取った。

「ジュール・ヴェルヌ、おもしろいぞう。読むの初めてか？」

中津先生が背中《せなか》から声をかけてくれた。

「はい、初めてです」

「それ読んだら海の底の国で、たっぷり遊べるぞ」

「うひょう」

両手で本を握《にぎ》り、青い海に深緑色の潜水艦《せんすいかん》が、黄色い光を放ちながら沈《しず》んでいく表紙の絵をじっと見つめた。

「かなちゃん支度《したく》おそいけん、もうおいてくよ」

今日もまた姉に見捨《みす》てられそうになり、半泣きで、まって〜と姉の背中に向かって叫《さけ》んだ。

「急ぐけん、自転車で行くよ」

姉が自分の水色の自転車に乗って走り出した。私もあわてて自分の白い自転車にまたがった。習字道具を籠《かご》に入れ、家の前の急勾配《きゅうこうばい》の坂道へ漕《こ》ぎ出した。落下する、という感じに近い体感を受けつつ森へ続く坂道に到達《とうたつ》し、すぐにハンドルを左に切って曲がり、勢《いきお》いづいたままさらに坂を下っていった。前を走る姉の自転車が急にふらついた。どうしたんだろうと思ったときには、ステテコとラクダのシャツ姿《すがた》のおじいさんが目の前にいた。坂道の下の道のど真ん中に立って、うすい笑みをうかべている。

「わあ、どいてー」

思わず声を上げたけれど、おじいさんはつっ立ったままだった。

え？　うわ？　よけてくれないの!?

おじいさんを避《よ》けるためにあわててハンドルを切りつつブレーキをかけると、急勾配をかけ下りてきたエネルギーがこらえきれずに反動としてのしかかってきた。あ、と思う間もなく、自転車がひっくりかえり、側溝《そっこう》に自転車ごとつっこんでしまった。

一瞬《いっしゅん》頭の中が真っ白になり、気絶《きぜつ》してしまったようだ。おそらく、一秒にも満たないような短い時間だけ。

「かなちゃん！」

姉が、自転車を道端《みちばた》に停《と》めて戻《もど》ってきてくれた。姉の方は、おじいさんをうまくかわして倒《たお》れることもなかったようだ。

「むぎゅ」

自転車にからまるように溝《みぞ》に落ち込《こ》んだ自分の身体が自分でもどうなっているのか、どこから動かせばいいのかわからず、漫画《まんが》みたいな声が出てしまった。

「もう、世話かかるったい」

姉は、汗《あせ》をかきながら私の身体をぐいと引き上げ、自転車も取り出した。自転車を引き上げてもらっている間になんとか立ち上がって、身体じゅうについたほこりを払《はら》った。膝《ひざ》を思い切り擦《す》っていて、血がにじんでいた。急にじんじん傷口《きずぐち》が痛《いた》みはじめた。

「血がでとう……」

姉に震《ふる》える声でうったえると、そんな気にしとらんで、はよいかんと、と急《せ》かされた。

でも、と、不安な声しか出ない私に、姉は背中《せなか》を向けたまま、なんとかなるけん、大丈夫《だいじょうぶ》やけん、と言った。姉に大丈夫やけん、と言われたら、大丈夫と思ってしまうのが妹という立場の悲しき習性《しゅうせい》である。

教室に着くと、他の人たちはすでに長机《ながづくえ》の前に正座《せいざ》して今日の課題に取り組んでいた。こんにちはー、よろしくお願いしまーす、と言いながら入っていく姉についていくと、中津《なかつ》先生は他の子の手を取って指導中《しどうちゅう》で、ちらりとこちらに顔を向けて、いらっしゃい、とひとこと言ったあと、ふたたび指導中の子の書に集中した。私の膝の傷には全く気付かなかった様子である。

姉の横に席を確保《かくほ》し、道具を置いて正座しようとして、はっとした。膝が血だらけなので、このまま正座すると、畳《たたみ》に血がついてしまう。

「どうしよう、畳汚《よご》すけん、正座なんてできん」

「大丈夫、半紙があるたい」

姉はおもむろに、道具の中から新品の半紙を取り出すと、縦《たて》半分に手で切って、ぺたぺたと私の両膝に一枚《まい》ずつ貼《は》った。血が糊《のり》の役割《やくわり》を果たして、縦長の半紙は私の膝に貼り付いた。

「こ、こんなんでよかと？」

「よかと」

姉は、まぶたを閉《と》じておごそかにうなずいた。私は、膝《ひざ》の半紙を落とさないようにそろそろとしゃがんで正座した。

「まきちゃん、なんか、いたい」

「がまんしなさい」

姉は正しい。今の私は、がまんするしかないのだ。半紙に血がにじみ、半紙からさらに血がにじみ出ているような気がしたが、気にしない気にしない、と思いながら墨《すみ》をすった。気にしない、と思っても、身体を動かすたびに、半紙に傷口《きずぐち》がかすかに擦《す》れて痛《いた》い。「涼《すず》しい朝」とかいう気分では全くないが、それが課題なので、とにかく「涼しい朝」を、ただただ書いた。

なんでこんなにがまんしてまで、習字をしなくてはいけないんだろうとは、ほのかに思ったが、とにかくやらねばならぬと言われたものは、やらねばならぬのだと思い込《こ》み、まさに「血のにじむ思い」で、書き続けた。

思いがけずいいのができた。もしかしたら、痛い、ということ以外は余計《よけい》なことを考えられなかった分、いい字になっていたのではないだろうか。先生に見てもらおうと習字をしたためた半紙を両手で持って立ち上がったとき、膝から片方《かたほう》の半紙がほろりとはがれて落ちた。

「うわ。血！　血、でとるぞ、おまえ」

向かいに座《すわ》っていた義信《よしのぶ》くんが、大きな声を上げた。みんなの視線《しせん》が集まった。

「膝に半紙はっとる……」

誰《だれ》かの声が、聞こえてきた。

「まきちゃん、まきちゃん……」

かすれた、小さな声で姉にヘルプを促《うなが》したが、姉は無言で新しい半紙を膝に貼《は》り直してくれただけだった。

「カナコ、それ、どうした？」

問いかけてきた中津《なかつ》先生の眼鏡《めがね》の向こうの目が、黒い碁石《ごいし》のようだった。顔がかっと熱くなるのがわかって、うつむいた。私は落下した溝《みぞ》から生還《せいかん》したときに見た、転倒《てんとう》の原因《げんいん》のおじいさんの顔を即座《そくざ》に思い出していた。ぼんやりと薄笑《うすわら》いを浮《う》かべた顔。私が転ぶ前も、後も、全く表情《ひょうじょう》が変わっていなかった。あのおじいさんにとって私が転んだのは、道端《みちばた》の石ころが転がったような、空中を羽虫がふわっと飛んでいったような、取るに足りないことだったんだろう。

私は今、私自身の全存在《ぜんそんざい》を消滅《しょうめつ》させたいと思うほど恥《は》ずかしい思いをしているというのに。

「まあ、あの状況《じょうきょう》でおじいさんに怪我《けが》させせんかったけん、えらいと思うよ、かなちゃん」

そんなふうに姉にあとから言われても、少しもうれしくなかった。だけど、咲子《さきこ》ちゃんが庭に咲《さ》いていたという矢車草《やぐるまそう》をお見舞《みま》いに持ってきてくれたときは、ちょっとうれしかった。大きなガーゼを両膝《りょうひざ》にばーん、とあてがわれた、どんくさい幼稚園児《ようちえんじ》のような姿《すがた》を見せるのは、恥ずかしかったけれど。

矢車草は、母から借りた、全体をねじって首のところがしぼった花瓶《かびん》に活《い》けて、部屋に飾《かざ》った。ところどころに青と黄色とピンク色が入ったガラスから、すっとのびた薄緑色《うすみどりいろ》の茎《くき》が透《す》けていた。

私の部屋は姉と共有で、八畳《じょう》の畳《たたみ》の部屋に机《つくえ》を二つ並《なら》べ、寝《ね》るときは押《お》し入れから毎晩《まいばん》蒲団《ふとん》を引き出して寝ていた。よいしょっ、とそれぞれの蒲団を畳んで、押し入れの上の段《だん》に上げるのが、私たちの毎朝の仕事だった。妹の私の方が先に押し入れに蒲団を上げることに一応《いちおう》なっていたのだが、ぐずぐずしていると姉に先に入れられてしまう。たかだか一人分の蒲団の嵩《かさ》だが、小学生、しかもチビだった私には、充分《じゅうぶん》に大きな影響《えいきょう》をもたらす嵩であったのだ。

競って上げた蒲団がしまわれている押し入れを背《せ》にして、私は座布団《ざぶとん》の上に体育座《ずわ》りをした。咲子ちゃんは正座をくずして女の子座りになって、ぼんやりと部屋を眺《なが》めた。自分は膝の負傷《ふしょう》のために気軽にそのポーズができないので、咲子ちゃんがまぶしく見えた。

「部屋、あたらしかねえ」

「今のところはね。あ、そうだ」

私は机の中から一枚《まい》のハンカチを取り出した。角のところにピンク色のウサギの刺繍《ししゅう》がほどこしてある。いつかおハルさんにもらったものだ。机の中に大事にしまっていて、まだ一度も使ったことがなかったのだ。

「あ、おハルさんの？」

「そう」

「わたしももらったよ」

咲子ちゃんは、斜《なな》め掛《が》けしていたポシェットを開いて、白いハンカチを取り出すと、これ、と差し出した。黄色いタンポポが刺繍してある。

「わあ、それ、咲子ちゃんに、似合《にあ》う。とっても似合う。咲子ちゃんは、タンポポっぽいもん」

「うん、ありがと。このハンカチ、二年前におハルさんちに遊びにいったときもらったんよ。タンポポは、どんなことがあっても春を忘《わす》れない強い花なのよって。それから、お守りみたいに、ずっとこうやって持っとうと」

こっちを向いた咲子《さきこ》ちゃんの目が、すうっと細くなった。

「私は、おハルさんの家の前で転んだときにもらったと。まだこの家を建てとる途中《とちゅう》のとき。おうちの中に呼《よ》んでくれて、手当てをしてくれて、手作りのハンカチとぶどうジャムのお土産《みやげ》をくれて」

「ふうん」

「今日また転んで、おんなじところを怪我《けが》したけん、思い出しちゃった」

あはは、と咲子ちゃんが笑った。私も一緒《いっしょ》に笑った。笑いが自然に収《おさ》まったところで、あのさ、と咲子ちゃんに向かって言った。

「この間のさ、〝どう思う？〟ってやつやけどさ」

「どう思うって？」

「おハルさんの」

「あ、ごめん、あのときは、変なこと訊《き》いちゃって」

「ううん。私も、おハルさんが死刑囚《しけいしゅう》の人とかにこういうかわいいものを届《とど》けとるのって、すてきなことやって思うよ。だって、あのときのこと思い出して、ふわってなったもん。そのたびに傷《きず》が痛《いた》かったことが、ふわっとしたものに変わった気がしたもん。おハルさんとのことがなかったら、思い出すたび痛いだけになると思う」

咲子ちゃんが、まんまるの目でぱちぱちとまばたきをした。

「そうだよね。どんな人も、ふわって、したいときあるよね」

そのとき、ドアの向こうから、咲子ちゃん、かなちゃん、ケーキ食べるぅ？　という母の声が聞こえて、ケーキみたいなふんわりしたものが、さらに胸《むね》の中に広がったのだった。

ケーキを食べるかと訊かれていらない、と言う小学生女子がいるわけがない。食べる食べる～、と大きな声で答えると、じゃあ下りてきて、食堂にいらっしゃい、と母が言った。

咲子ちゃんと一緒に階段《かいだん》を下りながら、ついに友達とケーキを食べる、というひそかな願望が果たせるときがきたのだと思って、足元がふわふわした。

「ケーキ、たのしみ～」

咲子ちゃんが私の心を読んだように、高い、うれしそうな声で言った。大したことなかよ、うちで出すケーキなんて、と謙遜《けんそん》しつつも、ますます足元がふわふわしてしまった。あれ、でも、ケーキなんて母はいったいどこで買ってきたんだろう。

食堂のテーブルには、白いレースの模様《もよう》が印刷されたビニールのカバーがかかっていた。その上に皿が二枚《まい》置いてあり、三角に切り分けられたケーキが一つずつのっていた。白い生クリームの絞《しぼ》り出しの上に、缶詰《かんづ》めの黄桃《おうとう》とさくらんぼが飾《かざ》られている。生クリームのもようは少し傾《かたむ》いているし、果物の大きさはふぞろいだし、全体的にゆるい雰囲気《ふんいき》のケーキである。

「もしかしてお母さん、これ、作ったと?」

「そうよ」

「かなちゃんのお母さん、ケーキ作れると!」

「え、こんなん作ったん、初めてだよ」

私が顔を上げて母の方を見ると、母は目尻《めじり》にしわを寄《よ》せて、ふっふっふ、と笑った。

「今日おハルさんに教えてもらいながら、作ったんよ」

「すっごーい」咲子《さきこ》ちゃんと二人同時に声が出た。

「もうすぐとっこちゃんの誕生日《たんじょうび》やけど、この辺だとケーキを売ってるところがなくて、なんて話をしたら、おハルさんが、じゃあうちで作ればいいわ、ちょうどいい生クリームが手に入ったから、練習に作ってみればって、言ってくださってね」

このころ、ほとんどの家にはまだなかった、ケーキを焼くためのオーブンが、おハルさんの家にはあったのだ。おハルさんの家で焼いてきた母の手作りケーキは、お店で売っているものよりも黄色くて、しっとりとしていて、バターの香りがびっくりするくらい口の中に広がった。

「おいしか〜。今まで食べたケーキの中で一番おいしか〜」

そう言う咲子ちゃんの顔がにっこにこでうれしい。家族それぞれの誕生日にはいつも、母がどこかで買ってきた、少しだけ色のついたバラの花のケーキが出たけど、それよりもずっとおいしいケーキだと思った。

こんなおいしいお菓子《かし》を差し入れてもらったら、どんな人でもうれしいだろうな、とぼんやりと思った。

「かーなーちゃーん」

坂の下で、咲子ちゃんが手を振《ふ》っている。私も「さーきこちゃーん」と大きな声で返事をしながら手を振った。そんな大きな声を出すことないでしょ、と言いながら、私の後ろから姉がついてくる。咲子《さきこ》ちゃんの隣《となり》には、お姉ちゃんの三恵子《みえこ》ちゃんが立っていた。

「おねえさんら、そろうたか。そんなら、いくぞ」

咲子ちゃんのお父さんが私たちの先頭に立った。さっきまで畑仕事をしていたのか、裾《すそ》を折り曲げたカーキ色のズボンの上は白いランニングシャツを着ていて、首にはタオルをかけている。私たちはこれから、ホタルを見にいく。咲子ちゃんのお父さんは、大人《おとな》の付《つ》き添《そ》い人である。

それぞれの一番下の妹たちは、夜道を歩くには小さすぎるので、自分の母親たちと留守番《るすばん》をすることになった。とはいえ、妹だけ置いていくのがわかったら、その先の用事がなんであれ、一緒《いっしょ》に行く、といって泣《な》き叫《さけ》びながら駄々《だだ》をこねるのは目に見えていたので、私と姉は、妹が眠《ねむ》そうな目をこすりながらお母さんと蒲団《ふとん》で絵本を読みにいった隙《すき》に、そうっと家を出てきたのだった。

「ホタルのほんもの見るの初めて。すっごい楽しみ！」

姉がいかにも浮《う》かれた声で三恵子ちゃんに話しかけていた。

ホタルは、水がとびきりきれいなところにしか棲《す》まない。同じ福岡《ふくおか》県だけれど、これまでは、歩いていけるところにホタルはいなかったのだ。♪ほたーるのひーかーりー、までのーゆーきー、と卒業式のときに歌うあの歌に出てくるホタルは、おしりの光る虫らしい、とばくぜんと想像《そうぞう》するだけの生き物だった。前の学校では、みんなそうだった。

でも、今日から私は「ホタルを知っている子ども」になれるんだと思うと、鼻の穴《あな》が自然にふくらんでくる。

蛙《かえる》の鳴き声がしきりに聞こえる田んぼの畦道《あぜみち》をしばらく歩いたあと、山道へと入っていった。咲子ちゃんのお父さんは、何度も振《ふ》り返って「迷子《まいご》になるんやなかぞー」と声をかけた。日はどんどん落ちて、山道は暗くなってきていた。それぞれ手に持っていた懐中電灯《かいちゅうでんとう》をともした。その光の中に小さな虫が飛んでいる。

こんなところで迷子になったら、一生出られなくなってしまいそうだ。私は、空が暗くなりかけてからずっと繋《つな》いでいた咲子ちゃんの手に、さらにぎゅっと力を入れた。

「かなちゃん、手、ちょっと痛《いた》かよ」

「あ、ごめん」

少し力をゆるめたけれど、手を離《はな》しはしなかった。暗くてひんやりしたところへどんどん入っていくときのてのひらに、あたたかい誰《だれ》かの手があるって、いいな、と思った。

しきりに聞こえる蛙《かえる》の声とともに、水が流れる音が聞こえてきた。

「この辺におるやろうけん、懐中電灯《かいちゅうでんとう》、いったん消そうか。他の光があると、ホタルはびっくりするけんな」

咲子《さきこ》ちゃんのお父さんがそう言ったので、私たちは懐中電灯のあかりを落とした。私たちがそうするのを見届《みとど》けてから、咲子ちゃんのお父さんが、一番大きな懐中電灯の電源《でんげん》を切った。

だんだん暗くなっていく夕暮《ゆうぐ》れを歩いてきたので、暗さに目が馴《な》れていて、懐中電灯を切ったからといって、なんにも見えないということはない。みんなの立っている位置は把握《はあく》できるし、川が流れている場所もわかる。私たちは無言で暗闇《くらやみ》に立ち、川上の方を見つめた。

あ、と三恵子《みえこ》ちゃんが声を上げた。

「川岸」

咲子ちゃんが言いながら手をのばした。川岸に光る小さな、ほんのり黄緑色の光が見えた。

ホタルだ。ホタルの光なんだ。

ドキドキしながら見つめていると、光はじんわりと強くなり、すぐにじんわりと消える。

しかしすぐにまたじんわりと強く光る。

「あ、あっちも」

姉が指差す方にもいくつもの小さな光の点滅《てんめつ》がある。その一つがふっと空中に浮《う》かんだ。つられるように、他の場所からもふらーり、ふらーりと浮かんでいく。浮かびあがった黄色い光は、ふうっと消えて、ふうっと灯《とも》る。

「きれい……」

ホタルの光が川岸からのぼり、ゆっくりと点滅しながら草地の上をふんわりと飛んでいく。

私たちは、その光に誘導《ゆうどう》されるように近づいた。

ふんわりと飛んだホタルは、低木の葉の上に止まった。葉の中には、青白い光を灯すホタルが他にもいくつも止まっている。

光に顔を近づけると、黒い虫がおしりを光らせているのがわかる。私たちが見ていることが、ホタルはわかっているのか、いないのか、おしりを光らせつつ、もぞもぞと動きまわっている。あまりすばやい動きはできなそうなので、簡単《かんたん》に捕《つか》まえられそうだ。

「ねえ、咲子ちゃん、これ、さわってもいいと？」

咲子ちゃんに訊《き》くと、ちょっとぐらいならいいと思う、という答えが返ってきた。

ふとまわりを見ると、咲子ちゃんのお父さんは、最初にホタルを見つけた場所に立ったまま川を見つめていて、姉と三恵子ちゃんは別の場所に移動《いどう》していた。私のそばには咲子ちゃんしかいない。その咲子《さきこ》ちゃんがいいというなら、いいことにしようと思って、そっとホタルに手を近づけた。とたんに、ねらっていたホタルは翅《はね》を広げ、私の手をかすめて黄緑色の光を引き連れて飛び立ってしまった。

案外すばやいんだな、と思って、葉っぱの上を動き回るホタルのうちの一匹《ぴき》をねらっていると、「かなちゃん、てのひらを上に広げて」と咲子ちゃんの声がした。顔を上げると咲子ちゃんが両手を重ねてにっこり笑っている。重ねた指の間からかすかに光がもれている。私は言われるままにてのひらを上に向けた。咲子ちゃんは、私のてのひらにホタルを一匹、ほと、と置いてくれた。私のてのひらの上でホタルは、どこに連れてこられたかわからず戸惑《とまど》っているかのようにしばらく微動《びどう》だにせずじっと止まっていたが、やがてそのおしりが黄緑色に、もわんと光った。

「わあ、すごい……」

ホタルはてのひらに止まったまま、もわん、もわん、と何度も点滅《てんめつ》した。

「光っとう。ほんとに光っとうと、ホタル」

私が感激《かんげき》して高い声を出すと、咲子ちゃんは満足したように、きれいな光、出すとやろう、こんなに小さいのに、と言った。

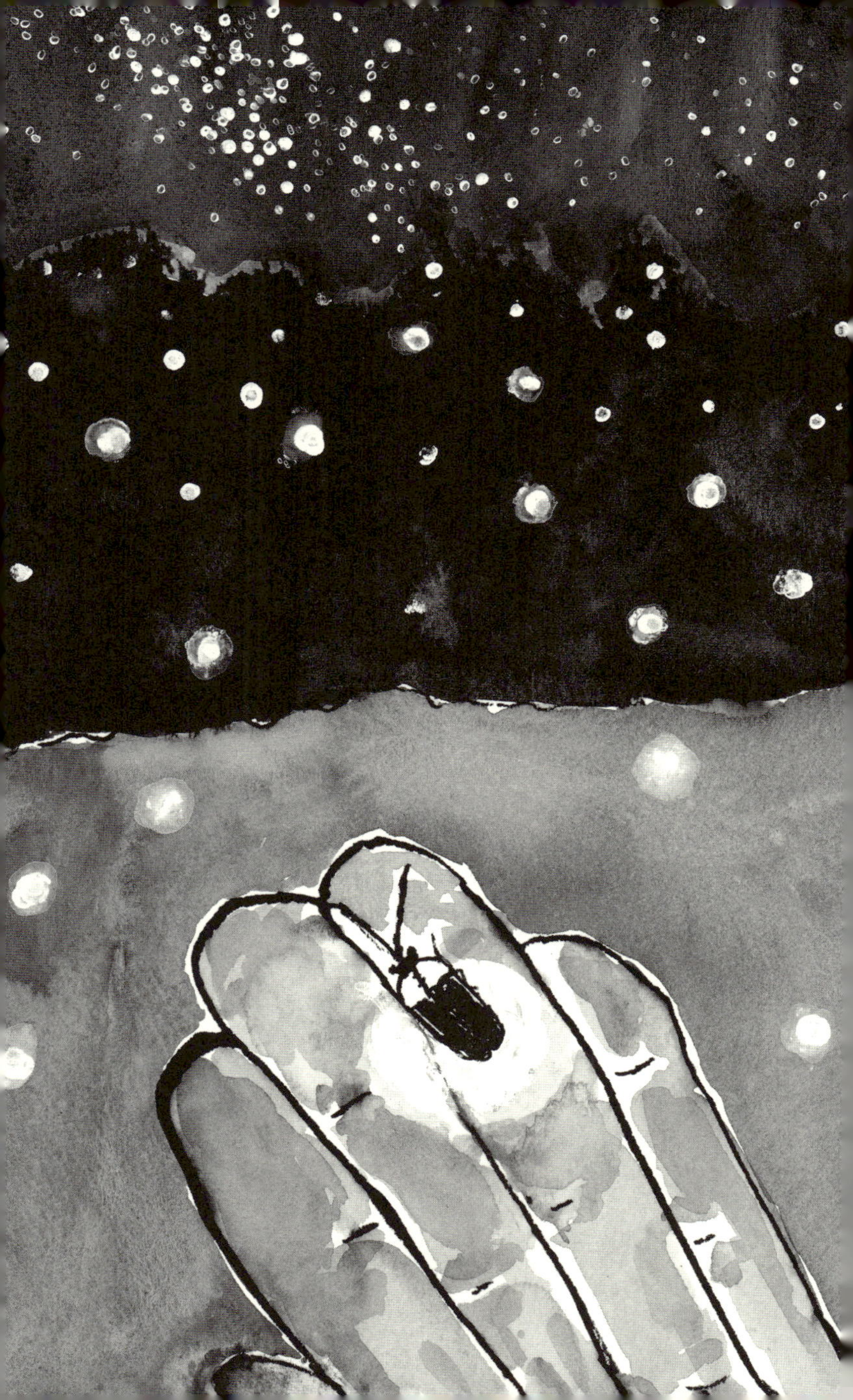

「うん、小さい……」

そのとき、ホタルはぱっと翅《はね》を広げて飛び立った。飛び立った光を目で追うと、空にはいくつもの光が舞《ま》っていた。

草原の上を舞い飛ぶホタルを捕《つか》まえようとしているのか、姉と三恵子《みえこ》ちゃんが、遠くでぴょんぴょん飛び跳《は》ねている。

（あれ、ほんとうにまきちゃんと三恵子ちゃんなんだろうか……）

幻想的《げんそうてき》な光にうっとりしているうちに、今見えている景色全部が夢《ゆめ》の中のできごとのように思えてならなかった。

「ホタル、つかまえたらいかんぞー。すぐ死んでしまうけんなあ」

咲子《さきこ》ちゃんのお父さんが大きな声で言った。

すぐに死んでしまうホタル。あんなに小さな身体で光を出すって、とっても疲《つか》れることなんだろうか。

と、突然《とつぜん》まぶしい光が顔にあたった。思わず、う、と顔をしかめると、ごめんごめん、と どこかで聞いた声がした。

「誰《だれ》かと思ったら、カナコやないか」

「中津《なかっ》先生！」

習字の中津先生が、懐中電灯《かいちゅうでんとう》を持って立っていた。

「先生も、ホタル見にきんしゃったとですか」

咲子ちゃんのお父さんが近づいてきた。

「はは、実は毎日のように来ようとです。今の時期だけですけんね、こんなにホタルが見られるのは」

「先生、そんなにホタル好きやったと？」

「そりゃあ、こんなにきれいやけん。きれいなもんは、毎日でも見たいやろ。お嫁《よめ》さんと一緒《いっしょ》やな」

「先生、お嫁さん、おりんしゃったと!?」

先生の口から「お嫁さん」なんて言葉が飛び出して、ちょっとびっくりしてしまった。先生は、私から視線《しせん》をそらして、まばたきをした。

「そりゃあ、毎日見てみたいお嫁さんは、これから見つけると」

「ホタルみたいな、きれいか人を、ですか？」

咲子ちゃんが先生の顔をまじまじと見ながら言った。

「こら、咲子《さきこ》、いらんこと言うんやなかぞ」

咲子ちゃんのお父さんが笑いながら咲子ちゃんの頭をつかんだ。

「ホタルは、先生、すぐに死んでしまうけん、やめといた方が、いいと思う……」

私は真剣《しんけん》にそう思って言ったのだが、先生にも、咲子ちゃんのお父さんにも、咲子ちゃんにも、爆笑《ばくしょう》されてしまった。


二時間目と三時間目の間は、十五分休憩《きゅうけい》といって、少し長めの休み時間がある。この十五分の間にも外に出ていってバレーボールをしたり、鉄棒《てつぼう》や縄《なわ》とびをするようなアウトドア派《は》もいるのだが、私はたいてい教室でのんびりと過《す》ごしていた。基本的《きほんてき》に運動は得意ではないのだ。

それにしても、この間測《はか》った五十メートル走のタイムがクラスで一番遅《おそ》い、という事実をつきつけられたときは、しんそこショックだった。人より足が遅い、ということは自覚していたが、前の学校ではビリ、ということはなかったのだ。これでも心臓《しんぞう》が爆発《ばくはつ》するんじゃないかと思うくらい、必死で走ったのに！

四年生にもなって九九を復習《ふくしゅう》している子がいたりして、勉強の進み具合は少し遅めだが、運動は得意な子の方が多い。都会から来た転校生、ということで最初は一目置かれている感があったのだが、体育の授業《じゅぎょう》がはじまったりして、その実体があからさまになるにつれて、なんだ大したことないや、的《てき》な扱《あつか》われかたへとしだいに変わっていったのだった。まあその方が、過ごしやすいので、いいのだけど。だけどこのままだと体育は確実《かくじつ》に1がつく。それだけは、やっぱりいやだ、なんとかしたい……。

なんの遊びをしているのか、校庭を走り回っている子たちを窓《まど》ごしに眺《なが》めながら、急になんだかいてもたってもいられなくなってきた。

「ちょっと、でかけてくる」

椅子《いす》に座《すわ》って本を読んでいた咲子ちゃんにひとこと言って、教室を出ていった。

教室を出て階段《かいだん》を下り、外靴《そとぐつ》に履《は》きかえ外に出た。にぎやかそうな校庭の方は、今さらなんだか行きづらくて、校舎《こうしゃ》の裏側《うらがわ》の方へと歩き出した。

「かなちゃーん」

咲子ちゃんと高子《たかこ》ちゃんが、後ろから追いかけてきた。

「急にどっかいっちゃうんやもん」

咲子ちゃんが笑っている。

「かなちゃんて、おかしかねえ」

高子《たかこ》ちゃんも笑っている。

「そうかなあ」

言いながら、自分でも笑ってしまった。

「で、どこへ行くと?」

「え、いや、ちょっと。えっと……、が、学校探検《たんけん》」

適当《てきとう》なことを口走ってみる。

「そうかあ、かなちゃん、まだここに来てちょっとしかたっとらんけん、いろいろ知りたかよね」と高子ちゃん。

「うん、まあね」

「じゃあさ、今日の給食なにか、給食のおばちゃんに訊《き》いてみよう」

高子ちゃんが私の手を取ってぐいっとひっぱった。

と、ひら、と何か白いものが顔にあたって貼《は》り付いた。わ、なんだろうとあわてて取ると、鳥の羽根だった。

これは……ニワトリの羽根……?

まじまじと羽根を見ていると、ふわんふわんと別の白い羽根が次々に風に乗ってくる。視《し》線《せん》の先に、白い割烹着《かっぽうぎ》と白い三角巾《さんかくきん》をつけた、給食のおばさんがいた。

「おばちゃーん、今日の給食なにー？」

高子ちゃんがおばさんに声をかけた。

「あらあ、いらっしゃい」

おばさんは、こちらに顔を向けて、手を止めずに言った。おばさんの手元で、白い羽根が舞《ま》っている。おばさんは、ニワトリの羽根をむしっていたのだ。

「今日はこれで、唐揚《からあ》げ作るとよ。おいしかよう。ほっぺが落ちるとよう」

「こ、これって、これですか」

私はどんどん羽根をむしられていくニワトリを指さした。

「そうよう。今日しめてもらったばっかり、新鮮《しんせん》なんよう」

おばさんは、相変わらず羽根むしりの手を止めることなく答えた。

この学校、給食が「手作り」でおいしいなと思っていたけど、まさかニワトリの羽根をむしるところから「手作り」していたなんて。

おばさんの斜《なな》め前には、大きな盥《たらい》があり、四角いビニール袋《ぶくろ》がいくつも沈《しず》めてあった。それを見ながら、今日はごはんですか？　と咲子《さきこ》ちゃんが訊《き》いていた。

「そう、ごはん。こうやってお湯の中に入れてあったためとうけんね」

給食の主食といえば、コッペパンか食パンだったけれど、ここではごはんが出る。四角いビニール袋《ぶくろ》に入っていて、端《はし》を切って、平皿の上に四角いまま、もにょっと絞《しぼ》り出して取り出すもの。こんなふうにあたためてたんだ、と感心する。感心しつつ、気になる、羽根をむしられていくニワトリ。

桃色《ももいろ》の地肌《じはだ》が見えてきているニワトリをなるべく見ないようにしながらおばさんに、あーお昼が楽しみですー、とだけ言って、そろりそろりと給食室のそばから離《はな》れたのだった。


その日給食に出た唐揚げは、今まで食べたどんな唐揚げよりもおいしかった。ちょっと胸《むね》がつまりそうになったけれども。

帰ったらぜひともこの学校の給食のものすごい手作りっぷりを母に話さねば、とはりきって帰宅《きたく》した。しかし、玄関《げんかん》のドアはかたく閉《し》まっていた。どんどん、とドアを叩《たた》いてみたが、中からはなんの物音もしない。

（あれ、お母さんでかけてるの？　おかしいなあ……）

母が私の帰宅時間に間に合わないような外出をするときは、必ず合《あ》い鍵《かぎ》をわたしてくれた。今日はなにも言ってなかったのに……。

玄関のドアがあかないので庭にまわってみた。庭でつくっているインゲン豆《まめ》などの世話をしているのかもしれないし……。

ランドセルを背負《せお》ったまま庭にまわってみたが、誰《だれ》もいなかった。一日中庭で遊んでいるはずの妹も、どこにもいなかった。姉はまだ授業《じゅぎょう》を受けているのか、帰ってこない。

広い庭の芝《しば》生《ふ》の上に立ったまま、ぽかーんとしていると、かなちゃん？　かなちゃん、帰ったの？　という声が玄関の方から聞こえたので行ってみると、門の前におハルさんが立っていた。

「ああ、いたいた、よかった。お母さまからね、頼《たの》まれていたのよ、かなちゃんとまきちゃんが帰ってきたら、よろしくお願いしますって」

「よろしく？」

「かなちゃんのお母さまね、とっこちゃんと一緒《いっしょ》に病院へ行かれたのよ。川島さんの車に乗せてもらって」

「病院？　急に？」

「そうなの。とっこちゃんが怪我《けが》してしまって」

「とっこちゃんが、怪我!?」

びっくりして大きな声が出た。

「大丈夫《だいじょうぶ》よ、交通事故《こうつうじこ》とかじゃないから」

「でも、なにがあったんですか?」

「とっこちゃんはね……」

おハルさんの口からしずかにもれてくる声を待ちながら、私は今にも泣きだしたいような気持ちでいた。

おハルさんは、次の言葉を出す前に、眉《まゆ》を少しだけ上げておだやかに微笑《ほほえ》んでから、両手を広げて私の肩《かた》の上にふんわりと置いた。

「そんなに心配しなくても大丈夫よ。とっこちゃんは、ちょっと転んだだけだから」

「転んだ?」

おハルさんは、妹が玄関先《げんかんさき》で転んで額《ひたい》を柱《はしら》に打ち付けたことを丁寧《ていねい》に伝えてくれた。私の家には、玄関の廂《ひさし》を支えるための飾《かざ》りを兼《か》ねた柱があって、わざと木の節《ふし》の形を残しているのだが、妹が転んだ額の先にちょうど飛び出た節があり、強く打ち付けた額がぱっくりと裂《さ》けてしまったそうだ。額というのは、ちょっとでも切れると血が出やすい箇所《かしょ》で、小さなとっこちゃんの顔から大量の血が流れて、母はパニックになってしまったらしい。

「ちょうど隣《となり》の畑にいて、とっこちゃんの泣き声が聞こえたから、すぐにかけつけたのよ。傷《きず》の手当てを手伝ったんだけど、ガーゼを当ててもすぐに真っ赤になっちゃって、傷はぱっくり裂けたままだったから、これはお医者さんのところに行った方がいいってことになってね」

「それで、咲子《さきこ》ちゃんのお母さんの車で病院へ？」

「そうよ。このへんには、歩いていけるところに、傷口《きずぐち》を縫《ぬ》ってくれるような大きな病院はないから」

そうなのだ。村には小さな診療所《しんりょうじょ》があるだけで、外科《げか》は福岡《ふくおか》市内に行かないとないのだった。家に車はあるけれど、うちでは父しか運転できない。平日の昼間、父は市内に仕事に行っていて不在《ふざい》だった。

「かなちゃん、まあとにかく、ランドセルを置いて、落ち着いたらどうかしら。とっこちゃん、意識《いしき》はしっかりしてたから、大事はないと思うのよ。おやつでも食べて、とっこちゃんの無事を祈《いの》りながら待ちましょう」

肩《かた》に置いていた手を、おハルさんは、とんとんとやさしくたたいた。言われて初めて、自分がまだランドセルを背負《せお》ったままであることに気づいた。

ランドセルを部屋に置いて食堂に行くと、淡《あわ》いピンク色のバラの花があしらわれているケーキが、白いお皿の上に載《の》っていた。もう一つのお皿には、チョコレート色とクリーム色でできたクマの顔のクッキーが盛《も》られていた。

「どうぞ、召《め》し上がれ」

「わあ……」

「とっこちゃんが戻《もど》ってきたら、よろこんでもらえるかなと思って、おおあわてで作ったのよ。もちろん、かなちゃんやまきちゃんにもね」

ありがとうございます、と小さな声で言って食堂の椅子《いす》に座った。バラの花のやさしい曲線は、やわらかくつやめいていて、一枚一枚顔の違《ちが》うクマは、香ばしい香りを放っていた。どちらもとてもおいしそうだった。けれども、膝《ひざ》の上に置いた手は動かず、うつむいたまま黙《だま》りこんだ。

「かなちゃん、食べたくないの？」

私は少し間を置いてから、こくりとうなずいた。ほんとうは、とても食べたかった。いっただきま〜す、と明るい声を放《はな》って、ぱくぱく食べてしまいたかった。おハルさんが作ってくれたお菓子《かし》。おいしいのは、間違《まちが》いないのだ。だけど、もう一人の自分が、今食べるのは嫌《いや》だ、と言っていた。

「……だって……、とっこちゃん、今ごろ手術《しゅじゅつ》してるかもしれんのに……とっても痛《いた》くて、こわくて……泣いてるかもしれんのに……。自分だけ、おいしいもの食べて、いい思い、する、なんて……」

うつむいたまま小さな声で言いながら、ぽろりと涙《なみだ》がこぼれた。思わず目を閉《と》じると、頭の上になにかやわらかいあたたかいものが置かれた。おハルさんのてのひらだ。

「そうね、そうよね……」

心の底で、なんで涙なんか流れるんだろう、おハルさんも大丈夫《だいじょうぶ》だって言ってくれてるのに、すぐに止まれ！　と命令してみるのだが、おハルさんのやさしい声が涙の促進剤《そくしんざい》みたいになって、どんどん加速していく。

「え、なんで泣いとうと？」

あきれたような姉の声がした。学校から今帰ってきたのだ。私は、はっとして顔を上げると、な、泣いてなんか、な、なか、なかよ、とあわてて言って、涙を手の甲《こう》でごしごし拭《ふ》いた。

「はあ、びっくりした。命が十年縮《ちぢ》まった」

母は座《すわ》り込《こ》むと、息を吐《は》きだした。すべての緊張《きんちょう》を、身体から放出しているようだった。

額《ひたい》に包帯《ほうたい》をぐるぐる巻《ま》かれて帰ってきた妹は、病院からの車の中で寝《ね》てしまったので、家に着いても母に抱《だ》かれてそっと蒲団《ふとん》に移《うつ》され、そのままこんこんと眠《ねむ》っていた。少し開いたくちびるの間から、すうすうと安らかな息がもれていた。

三針縫《はりぬ》うことになったが、まだ幼児《ようじ》なので傷《きず》の治りは早く、いずれ目立たなくなるだろう、ということとだった。

「とりあえずは大変なことにならんで、よかったですねえ」

車を出してくれた咲子《さきこ》ちゃんのお母さんが、帰り際《ぎわ》に何度もそう言って母をなぐさめていた。母は、ええもう、ほんとにもう、ありがとうございます、おかげさまで、ええもう、ほんとにもう、と同じ言葉を繰《く》り返《かえ》しながら何度も頭を下げていた。

おハルさんは、母と妹が戻《もど》るまで家にいてくれたのだが、妹の蒲団を出して寝かせるのを手伝っているうちに、いつの間にかいなくなっていた。

テーブルの上にはあのクマのクッキーが盛《も》られ、冷蔵庫《れいぞうこ》には、私が食べなかった分も含《ふく》めてバラのケーキがひんやりと、置き土産《みやげ》として残された。

無事に妹と母が戻ってきてほっとしたとたん、お腹《なか》がとても空《す》いてきた。空いていることに気づいたというか。思わずお皿の上のクマのクッキーに手をのばした。それに気づいた姉がすかさず、全部食べたらいけんよ、とっこちゃんに残さんと、と言ってきた。

「そんなの、わかっとうと。一個《こ》だけ味見してみるだけたいね」

私はちょっとむっとした気持ちになりながら、クマのクッキーを一枚《まい》、丸ごと口に入れた。ほろ苦くて甘《あま》いココアの味が、口いっぱいに広がった。


「あんなところに柱《はしら》なんてあるから、こんなことに……」

母の声が耳に入ってきて目が覚めた。夜に帰宅《きたく》した父に、母が玄関先《げんかんさき》でいきなりけんか腰《ごし》で話を始めたようだ。思わず聞き耳をたててしまう。

「だって、しょうがなかろう。柱があるのは、しょうがなかろう。おまえも、玄関先に家族全員が入れるような廂《ひさし》が欲《ほ》しいって、言っとったやないか」

「だって、みんなで雨宿りができていいでしょう」

「そんな理由か？　玄関《げんかん》まで来たら、あとは家に入るだけやろう？」

「とにかく、あんな柱《はしら》にすることないのに」

「あんなって……。うつくしいやないか」

「あんな節《ふし》なんかない、ただの円柱やったら、とっこちゃんもあんな大怪我《おおけが》にならずにすんだのに……」

その先、父は反論《はんろん》しなかった。父のこだわりの「うつくしい柱」も、思わぬ怪我人が出て、母の前には形無しだったようだ。

母も気が済《す》んだらしく、会話はそこでとだえた。

あのごつごつした柱、うつくしいとも思わなかったけど、握《にぎ》ると気持ちがよくて、私はなんだか好きだった。

でもだれかが怪我するようじゃ嫌《いや》だな。将来《しょうらい》自分の家を建てるとしたら、節のある柱を使うのはやめたい、と思った。

傷《きず》の抜糸《ばっし》もすんで怪我が落ち着いたころ、母は運転免許《うんてんめんきょ》を取ることを宣言《せんげん》した。

「ここじゃあ車がないとやっていけんことが、よくわかった」

ということで、母は早速隣町《となりまち》にある自動車教習所へ、毎日バスで通いはじめた。妹の保育所のお迎《むか》えの時間に間に合わないときは、姉か私が、母のかわりに妹を迎えにいくことになった。この村には幼稚園《ようちえん》がなくて、小学校に上がる前の小さい子が通えるところはこの公立の保育所しかなく、入学前に集団生活をさせたいという母の希望で入れてもらったのだ。

保育所は、小学校までの長い一本道からのびている、ゆるやかなカーブを描《えが》く道の先にある。学校帰りに横道にそれるので、いつも一緒《いっしょ》に帰っている高子《たかこ》ちゃんと春江《はるえ》ちゃんとは曲がり角で別れたが、咲子《さきこ》ちゃんとは、保育所への道を連れ立って歩いた。咲子ちゃんの妹の夕《ゆう》子《こ》ちゃんもこの保育所に通っているので、咲子ちゃんも今日はお母さんのかわりに、私と一緒に夕子ちゃんを迎えに行くことになったのだ。

保育所に着いて、白い鉄の門を開いて入り、建物の中をガラス窓《まど》ごしにのぞくと、木の床《ゆか》の広い部屋に、大小のカラフルなボールとボウリングのピン、プラスチックの果物や野菜、フラフープなどが散らばっていた。けれども、子どもたちはそこには一人もいなかった。

あれえ、どうしたんだろう、と咲子ちゃんと話しながら、開いていた窓に頭をつっこんでいると、お姉ちゃんたち、お迎え?　と背中《せなか》から声をかけられた。

振《ふ》り返ると、黄色いエプロンをつけた保母《ほぼ》さんがにっこりと笑みを浮《う》かべて立っていた。

はい、えっと、とっこちゃんと、と私が言うと、ゆうこちゃんを迎《むか》えにきました、と咲子《さきこ》ちゃんがはきはきと続けた。

「とっこちゃんとゆうこちゃんならこっちにいるから、いらっしゃい」

黄色いエプロンの先生に促《うなが》されて建物の向こう側にある庭に行くと、大きなビニールプールがでんと置いてあった。ビニールプールの壁《かべ》は黄色、底は水色をしていて、二十センチくらいの水がはってあった。子どもたちはみな白いパンツ一枚《まい》でプールの中に入って、ジョウロやプリンの器のようなものを使って無心に遊んでいた。

妹は、両手で水をぱしゃぱしゃはね上げ、水滴《すいてき》が顔にかかるのがおもしろいのか、きゃはきゃはと笑っていた。夕子《ゆうこ》ちゃんは、パンツ一枚になっていたけれど、プールにはおらず、先生の一人にだっこされていた。先生に両手でしがみついて、プールの方に顔を向けている。

「わあ、ビニールプールだ、なつかしかあ」

「咲子ちゃんも、あれで遊んだと?」

咲子ちゃんもこの保育所に通っていたのだ。

「ううん、わたしのときにはまだあえんよかもん、なかった」

咲子ちゃんは、白い歯を見せて笑った。

「かなちゃ〜ん、さきちゃ〜ん」

私たちに気づいた妹が、手を振《ふ》った。

「とっこちゃ〜ん」

咲子ちゃんと二人で声をそろえて、手を振り返した。

「ゆうこちゃんはなんでプールに入っとらんと？」

夕子ちゃんをだっこしている先生に訊《き》くと、みんながばしゃばしゃする水が顔にかかって
びっくりしたんよねえ、と先生は、夕子ちゃんのぷっくりした頰《ほほ》を人さし指でつつきながら
言った。

「まだ二歳《さい》やけんねえ」

咲子ちゃんが顔を近づけると、急に夕子ちゃんの口がへの字になり、両手を咲子ちゃんの
方に伸《の》ばした。

「かえる」

「そっかあ、ゆうこちゃんはもうお姉ちゃんと帰りたいかあ」

先生がおおらかに言いながら、夕子ちゃんを咲子ちゃんに抱《だ》き移《うつ》した。

「とっこちゃんも帰るけんね」

私がそう声をかけると、妹はきょとんと目を一瞬《いっしゅん》丸くしてから、ぎゅっと目をつぶり、激《はげ》しく首を横に振《ふ》った。

「やだやだやだやだ〜〜」

首を激しく振りながら、両方のてのひらで水の上を叩《たた》くので、水飛沫《しぶき》が飛びちった。まわりにいる子がおもしろがって、妹のまねをして水面をぱしゃぱしゃ叩きはじめた。プールの中が大騒《おおさわ》ぎになった。

「とっこちゃん、おねえちゃんが来てくれましたからね、もうお帰りの時間ですよ」

先生が子どもたちの歓声《かんせい》に負けないように大きな声で言った。

「やだやだやだやだ〜」

妹が激しく泣きながらばしゃばしゃ水を飛ばすと、まわりの子もきゃっきゃっ、きゃっきゃっ、と水を飛ばした。

プールのそばに立っていた私も咲子《さきこ》ちゃんも咲子ちゃんに抱かれた夕子《ゆうこ》ちゃんも、雨の中を歩いてきたみたいにいつの間にか、すっかり濡《ぬ》れてしまった。

「大変やったんよ〜」

姉と母に、私は今日のことを訴《うった》えかけた。

「なに言っとうと。お母さんは毎日やっとるとよ、そんなに大変とは思わんけどね」

母は、教習所の教本から目を離《はな》さずに答えた。

「だってとっこちゃん、帰ろうって言ったら、やだ。おしっこ行ってくれば、って言っても、やだ。ちゃんと服を着なさいって言ってもやだ。靴《くつ》をはきなさいって言っても、やだ。歩きなさいって言っても、やだ。やだやだやだ、ばっかり。帰り道なんか、夕子ちゃんのベビーカーに一緒《いっしょ》に乗りたい、歩くのやだやだって、ずーっと言ってたんだよ。もう、とっこちゃんなんか、やだやだマンだよ」

「かなちゃん、ちがうよ。〝マン〟は男のことやけんそれを言うなら、やだやだウーマンよ」

姉が指摘《してき》すると、「ウーマン」は大人《おとな》の女の人たいね、と母が口をはさんできた。

「えーと、じゃあ、やだやだガールってことか」

姉が視線《しせん》を上にむけて考えながら言った。

「ガールねえ、うーん、それでもいいけど、とっこちゃんはまだ赤ちゃんみたいなもんやし、やだやだベイビーかねえ」

「そう、それたい、やだやだベイビー」

姉と母は、目を合わせてぎゃはははは、と大笑いした。私はくちびるをとがらせて、べつにおもしろくなか、と小さめの声でつぶやいた。

妹がやだやだベイビーになったのは、相手が私だからなんだろうと思う。要するになめれているのだ。家族の中で妹の次に年がいちばん下だというだけで。その苦労を、母と姉には、わかってもらえそうにない。姉とは一歳《さい》しか違《ちが》わないのに！　なんだか不如意《ふにょい》な気持ちになりつつ、妹が昼寝《ひるね》をしている部屋にそっと入っていった。

母がかけた夏がけ蒲団《ぶとん》を蹴散《けち》らしていて、片足《かたあし》の半分にようやくかかっているだけだった。肩《かた》から上が敷蒲団《しきぶとん》からもはみ出していて、頭は完全に畳《たたみ》の上にあった。ウサギの絵の描《か》かれた小さな妹専用《せんよう》の枕《まくら》は、蒲団の端《はし》にむなしくとどまっている。

「寝相《ねぞう》わる……」

両手は、赤ちゃんみたいにばんざいの形に上がっている。手足は白くてぽっちゃりしていて、まだ赤ちゃんの雰囲気《ふんいき》を残している。すこー、すこー、と寝息《ねいき》をたてるたびに、鼻の穴《あな》がしぼんだり開いたりした。おもしろいなあ。見ているといくらでも時間が経《た》ってしまいそうだ。なんか、やっぱり、かわいい。

汗《あせ》で額《ひたい》に貼《は》り付いた前髪《まえがみ》の間から、こないだの縫《ぬ》い傷《きず》が見える。糸の跡《あと》がほんのり白い。

大人《おとな》になる頃《ころ》には消えていってしまうのだろうけれども、今はまだ新鮮《しんせん》な傷痕《きずあと》をつけて、赤ちゃんみたいにぐっすり眠《ねむ》っているとっこちゃんを見ていると、さっきまで大変だ大変だって言いまくっていたことが、なんだかぜんぶいいや、やだやだベイビーでもぜんぜんいいや、という気持ちになってきた。

ふんわりした気持ちで外に出ると、サロペットのおハルさんに会った。

「あら、かなちゃん。ちょうどよかった。今畑からとってきたんだけどね、これ、もらってちょうだい」

おハルさんが握《にぎ》っている葉の下に、小さいオレンジ色のニンジンがぶら下がっている。

「ニンジン？」

「そう」

「まだこんなに小さいのに、抜《ぬ》いちゃうの？」

「間引きをしたのよ。このまま全部植えておいたら、ニンジン同士が窮屈《きゅうくつ》になって、うまく育たないの。でも、この間引きしたものもやわらかくておいしいのよ。食べてみて。こういうの、なかなかお店では売ってないでしょう」

「へえ」

「小さいから、そのままグラッセにするとおいしいわよ」

「そうなんだ、グラッセ……」

いかにもよく知っているような口ぶりで答えたが、実は「グラッセ」がなんなのか全然わからなかった。

「さあ、どうぞ」

おハルさんからわたされた小さなニンジンは、とても小さいのに、ちゃんとニンジンの色と形をしていて、とてもかわいかった。

「かわいいニンジン……」

思ったままのことを声にしてしまった。

「そうでしょう、野菜の形って、よく見ると一つひとつかわいいでしょう。人が畑でつくる野菜はみんな、形や色もかわいらしいのよ。よくできてるわよねえ、ちゃんと大事にしてあげようってみんなが思うもの」

「そうかあ」

受け取った小さなニンジンをしみじみと見た。

「これって、人間でいえばとっこちゃんくらいかなあ」

「うーん、そうねえ、もうちょっと育ってて、ちょうどかなちゃんくらいじゃない？」

「うわ」

「せっかくがんばって大きくなろうとしているのに間引いちゃうなんて、人間って、勝手だわよね」

「うん。じゃあこれ、自分だと思って、一生懸命《いっしょうけんめい》食べます」

「まあ、かなちゃん」

おハルさんが目を細めた。でも笑っていたわけではなかった。とても真剣《しんけん》な様子だった。

「そうなのよね、他の命をたくさん、いただいてしまっているのよね。ちゃんとそういうことと考えられるかなちゃん、えらいと思うわ」

「いえ、そんなこと……」

手に持った小さいニンジンが、急に重く感じられた。

グラッセ、というのは、バターと砂糖《さとう》で野菜を煮る《に》調理方法で、いつかデパートの一番上の食堂で食べたハンバーグステーキに添《そ》えられていた、つやつやした甘《あま》いニンジンのことだった。

「お母さん、知ってた？」

「もちろん」

母が細い眉《まゆ》を上げた。白い皿の上に小さなニンジンが行儀《ぎょうぎ》よくつやつやと並《なら》んでいて、貴婦人《きふじん》のようだな、と思った。庭で取れたインゲン豆《まめ》のグラッセもある。メインは、ハンバーグステーキ。

「レストランみたーい」

妹が両手を上げて喜んだ。

「はーい、じゃあ、レストランにいると思って行儀よく食べましょうねえ」

「うん。じゃあ、プール買って！」

「プール!?」

「きっとビニールプールのことだよ。保育園でとっこちゃん、一人でものすごいもり上がったもん」

「ああ、あれねえ、家庭用のビニールプールね。この家なら、お庭に置けるわよね」

「おける〜、おける〜」妹が叫《さけ》んだ。

「ビニールプール置いたら、咲子《さきこ》ちゃん呼《よ》んでゆうこちゃんにも一緒《いっしょ》に遊んでもらおうよ」

「あら、いいわねえ」

「かなちゃん、ほんとは自分が入りたいんやない？」

姉がからかうような調子で訊《き》いてきたので、え？　と訊き返した。

「まきちゃん、ビニールプールに入らんと？」

「え……」

「夏でさ、暑くてさ、目の前に水をはったプールがあるとよ、それ、入らんでどうすると？」

「え、でも、ビニールプールだよ、ちっちゃい子用……」

「小学生は、まだ子どもやけん、入ってもおかしくなかよ。高子《たかこ》ちゃんも自分ちにあるけん、入っとうって言っとったよ。じゃあ、まきちゃんは、ビニールプール買ってもらっても、絶《ぜっ》対《たい》入らんと？」

「う、うーん……」

姉が口の中でもごもご言った。


小学生が、一年で一番うれしい日。ときめく日。心おどる日。それは、夏休みの最初の日。

その、一年で一番の日の午後に、ビニールプールが我《わ》が家《や》に届《とど》いた。運転免許《めんきょ》を無事に取得した母が、新品の軽自動車で、隣町《となりまち》の商店街で買ったプールを運んできたのだ。基本的《きほんてき》に妹のための買い物とはいえ、小学生の私たちも使っていい遊び道具なのである。

母が早速芝生《しばふ》の庭に広げて、プラスチックの青いホースにつながった黄色い蛇腹《じゃばら》のポンプを裸足《はだし》の足の裏《うら》でぐいぐい押《お》して空気を入れ、ビニールプールをふくらませた。母が疲《つか》れた、というので途中《とちゅう》で姉と私が交代して空気を入れた。

プールの底には、「けろっこデメタン」の主人公、デメタンとラナタンが腕《うで》をからませて仲良くシャボン玉を吹《ふ》いている絵が描《か》かれていて、水道につないだホースから水を入れると、擬人化《ぎじんか》された蛙《かえる》の二人が水の中でやわらかくゆがんだ。

プールに半分ほどの水がたまったらホースを外し、まず妹と、咲子《さきこ》ちゃんの妹の夕子《ゆうこ》ちゃんがぽっちゃりと浸《つ》かった。保育園では気後《きおく》れしていた夕子ちゃんも、今日は妹と二人だけですっかり安心しているのか、「とっこちゃん！」と高い声で叫《さけ》びながら妹に水をばちゃばちゃとかけてははしゃいでいた。顔が水にあたった妹は、首を横に激《はげ》しく振《ふ》りながらきゃはははは、と夕子ちゃんに負けない高い声で笑って、てのひらで水面をたたいては水飛沫《みずしぶき》を上げた。それを見た夕子ちゃんが、「とっこちゃん！　とっこちゃん！」と叫んでさらに高い声で笑った。

そんな幼い妹たちを見守りながら、咲子ちゃんとそのお姉ちゃんの三恵子《みえこ》ちゃんと姉と私は、母が用意した三角に切ったスイカをほおばった。咲子ちゃんが口の中から上手にスイカの種を飛ばしたので、私もマネして飛ばした。三恵子ちゃんがうしろから、やあだあ、と言って笑った。

白地にピンクと黄色の小花が散っているそでなしのワンピースに、南から吹いてきた風が通り抜《ぬ》けた。ワンピースは、母が姉とおそろいで作ってくれたものだ。

真っ青な広い空には、真っ白な入道雲がむくむくとふくれ上がっていた。私たちが見る豪《ごう》快《かい》できれいな広い広い空を、邪魔《じゃま》するものは一つもなかった。

「気持ちよかねえ」

横で、咲子ちゃんが言った。

「うん。まぶしい」

ビニールプールで興奮《こうふん》しすぎた妹たちは、すぐに疲《つか》れて、エネルギーが切れた様子でぐずり出したので、昼寝《ひるね》をしに家の中に入った。庭に残った四人の姉たちは、スクール水着に着《き》替《が》えて小さなプールの中にかわるがわる入った。水はすでにぬるく、温泉《おんせん》のようだった。

「うわあ、水、ぬるいよ」

「新しい水を入れようか」

姉が外水道にくっつけたホースの先を細めて勢《いきお》いをつけ、プールに向けて放った。水は、ビニールプールに浸《つ》かっている私と咲子《さきこ》ちゃんの上を越《こ》えて飛び、こぼれ落ちる水滴《すいてき》が私たちの頭を濡《ぬ》らして、目の前にかすかな虹《にじ》が浮《う》かんだ。

最初はビニールプールには入らない、と言っていた姉だったが、そんな発言はとっくの昔に忘《わす》れたとばかりに、つめたい水をたっぷり入れたプールの中に三恵子《みえこ》ちゃんと一緒《いっしょ》に入ってきたので、小さなビニールプールはぎゅうぎゅうで座《すわ》ることもできず、四人で立ったまま足踏《あしぶ》みをして飛沫《しぶき》を飛ばした。

「こんなちっちゃいプールで、私たち、バッカみたい～」

姉のひときわ大きな声が、庭の向こうにもっさりと広がる森の深い緑に吸《す》われていった。


夏休みの初日を、幼児《ようじ》の遊びで堪能《たんのう》した私たちは、たっぷり昼寝をしたあと、夕焼け空の下を散歩した。妹がけんけんをしながら一番先を歩いていて、一番うしろを夕子ちゃんを抱《だ》いた母が歩いている。私と咲子ちゃんは、農協で買ったおそろいのビーチサンダルを履《は》いて歩いていた。歩くたびに聞こえる足音が同じでうれしい。

田んぼや草の匂《にお》いを含《ふく》んだ青い香りの風が少し汗ばんだ首筋《くびすじ》や腕《うで》をなで、気持ちがよかった。

こういう時間が永遠に続けばいいなあ、と思う。

小一時間の夕方の散歩から戻《もど》り、咲子ちゃんの家の前で、じゃあまたあした〜、と手を振《ふ》っていたとき、ふと、みなさん、こんばんはあ、とふんわりとした声が聞こえた。おハルさんだった。胸《むね》の前で、白い布で包《つつ》まれたものを大事そうに抱《かか》えていた。

「おハルさん、それ、なあに？」妹が包みを指さして訊《き》いた。

「これはね、お骨《こつ》よ」

「お骨!? 誰《だれ》の!?」

みんなの声が同時に出た。おハルさんはパチパチと二度まばたきをしてから、「今日、処《しょ》刑《けい》された方のお骨よ」とおだやかな声で言った。

「ずっとお手紙を交換《こうかん》していた方で、ご家族が誰《だれ》もお見えにならなくてね。ご家族のかわりに私が引き取って帰りました。他の、引き取り手のなかった方々と一緒に、私がご供養《くよう》してさしあげるのよ」

皆《みな》、しんとしずまりかえった。妹もよくわからないまま、神妙《しんみよう》にしなくてはいけないような気配を察しておとなしくしていたが、がまんできなくなったとみえて、姉に「〝ごくよう〟ってなに？」と小さな声で訊《き》いていた。

「やすらかにねむれますように、ってお祈《いの》りする儀式《ぎしき》よ」

おハルさんが妹の目線の高さまで腰《こし》を落とし、その目を見ながら答えた。

「なんでおいのりすると？　おいのりせんとねれんと？」

妹が続けて訊いたので、おハルさんが妹の頭をなでた。

「そうね、とっこちゃんには、ちょっとむずかしいかもしれないけれど、もう目がさめなくなってしまった人が、この世界から別の世界へ、たましいが無事に旅ができるように、生きてる人がおいのりをする必要があるの」

「しんじゃったってこと？」

「そうよ。この人はね、死んで、お骨《こつ》になったの」

「なんでしんじゃったと？　びょうきしたと？」

病気じゃないよ、と反射的《はんしゃてき》に言いかけて、ドキリとした。死刑囚《しけいしゅう》の人がどうやって死ぬのか、私は前にテレビで観て知っていた。わっかのあるロープが、頭のなかでぶらんとゆれた。一瞬《いっしゅん》身体がぶるっと震《ふる》えた。

「とっこちゃん、病気じゃないんよ」

そう言ったのは、咲子《さきこ》ちゃんだった。眉間《みけん》にすこしだけしわがよっていて、とても真剣《しんけん》な目をしていた。

「すっごい悪いことしたけん、死なんといかんって、裁判《さいばん》で決まったと」

妹が目をまるくした。

「しなんといかんの!? そのひと、なんしたと!?」

しかし、妹の質問《しつもん》には誰《だれ》も答えなかった。少し長い時間の沈黙《ちんもく》が続いたあと、おハルさんがゆっくりと口を開いた。

「この方は、なんどもなんども交わしたお手紙の中で、心を開いてくださいました。今日、処刑《しょけい》の前の最後の面会の時間に会いにいきましたが、ご家族の方は一人もお見えになりませんでした。それで、このあとの自分の骨《ほね》を、どうか一緒《いっしょ》に連れて帰ってください、と私にお願いされました。許《ゆる》されないことをした人ですけれども、裁判で決められた罰《ばつ》をしっかりと受けて仏様《ほとけさま》になられた今は、最後の望みをかなえてあげたいのです。知らない人のお骨をこの村に入れたことでご不快《ふかい》に思われる方もいらっしゃるかもしれないのですが、どうか、私たちの勝手をゆるしてください」

おハルさんは、白い包《つつ》みを抱《かか》えたまま、頭を深く下げた。

みんななにも言わなかった。そのまま長い時間が流れた。

実際《じっさい》には長く感じただけだったのかもしれない。おハルさんはおもむろに頭を上げ、再度《さいど》一礼して、無言のまま白い包みを胸《むね》に抱えて、森へ続く坂道を上っていった。

咲子《さきこ》ちゃんも三恵子《みえこ》ちゃんも姉も妹も母も私も棒立《ぼうだ》ちのまま、おハルさんの後《うし》ろ姿《すがた》を見送った。背筋《せすじ》のすうっとのびた、ひんやりとした背中《せなか》だった。


次の日、咲子ちゃんが朝早くから私の家にやってきた。いつものようににこにこと笑みを浮《う》かべようとしてはいたけれども、口が引きつっていて、あきらかに表情《ひょうじょう》が硬《かた》かった。

「わたし、きのうのことが、どうしても気になると」

咲子ちゃんは、ちょっと泣きそうな顔だった。

「きのうのこと……?」

「おハルさんの、あの、お骨《こつ》のこと。わたし、余計《よけい》なこと、とっこちゃんに言ってしまったけん」

「死刑囚《しけいしゅう》の人が死んだ理由のこと?」

咲子ちゃんがこくりとうなずいた。

「今までは、おハルさんが慰問《いもん》に行っとるっていっても、おハルさんってやさしいんやな、くらいにしか思ってなかったけど、あの中に本物のお骨が入っとるって思ったら、急に……なんか……ほんとのことって思えて、その、生きていたときの人がうしろにおるみたいな感じになって、こわくなってきて」

「うん、私も、ちょっと、ていうか、なんかすごくこわかった。とっこちゃんが訊《き》いたこと、私も思ったと。死刑になるって、一体なにした人なんやろうって」

「人を……人を殺した人やけん、きっと。それも、すごいひどい殺し方した人やけん。そんなこと、わかっとったけど、初めて気がついたっていうか……」

「うん……」

「だから、とっこちゃんに言いながら、自分に言うみたいに言ってしまったんよ。でもそれ、おハルさんに、わるかったなって。あのとき言うことでもなかったんやなかかなって」

「おハルさんは、べつに怒《おこ》ったりとか、してなかったよ」

「でも、悲しそうな顔しとった」

「それは、そうやけど……」

「わたし、おハルさんに話を訊《き》いてみたかと。なんで死刑囚《しけいしゅう》の人に会いにいって、やさしくしてあげとるのか」

「それは、私もずっと気になっとった」

「ね、かなちゃん、一緒《いっしょ》におハルさんちに行ってみらん？」

「今から？」

「うん。おハルさん、猫《ねこ》と子どもはいつでも来ていいって、言ってくれようし」

「そう、やね。でも、こんな朝早くから、いいんかな」

「おハルさん、いつも朝ものすごく早くに畑に出とりんしゃるよ。でもだいたいこの時間には戻《もど》ってきて家におんしゃあはず。午後になったら、他の子とかも来るかもしれんけん、話しにくくなるし、今行きたい。かなちゃん、一緒に今すぐ来て」

咲子《さきこ》ちゃんが私の手をとった。ひんやりしていた。眉《まゆ》が下がって今にも泣きそうな咲子ちゃんの切なる願いを断《ことわ》れるはずなんて、なかった。息をいっぱい、ゆっくりと吸《す》った。

「うん、よかよ。おハルさんちに、一緒に行こう」

咲子ちゃんの顔がぱっと明るくなった。

おハルさんの家の前の庭では、見上げるようなヒマワリが太陽にむかって種をきらきらと輝《かがや》かせていて、足元には真っ赤なサルビアの花がずらりと並《なら》んでいた。サルビアの花が咲《さ》いてるのを見つけたらすぐに真ん中のところをつまみ出して、甘《あま》い蜜《みつ》を吸ってたけど、今日はやらない。足元をうす茶色のしま猫がふわりとしっぽで触《ふ》れつつ通りすぎた。

と、しゃばっ、と突然《とつぜん》顔に冷たいものがかかった。ひゃあ、と咲子ちゃんと一緒に声を出すと、あらあ、ごめんなさーい！ とおハルさんの声が降ってきた。

「お花の水やりをしてたんだけど、大丈夫《だいじょうぶ》？ ぬれちゃった？」

「いいえ、すこうしやけん、大丈夫です」

咲子ちゃんがはきはきした声で言った。

「うん、今すごく暑かったけん、ちょうどよくなったよ」私も続けた。

「まあまあ、まずはお入りなさい。タオルを貸《か》してあげるわ」

私たちはおハルさんに促《うなが》されるまま、家の中に入っていった。

家の中はきちんと片《かた》づいていて、大きなテーブルには、白い布がかかっていた。壁《かべ》の棚《たな》にも白い布が敷《し》かれ、白い布で包《つつ》まれているものが一つ置かれていた。包みの両隣《りょうどなり》には、白い花瓶《かびん》に白い菊《きく》の花が活《い》けてあり、真ん中に置かれた線香立てでは、お線香が三本、懐《なつ》かしい香りのする白い煙《けむり》を無音で空気にとかしていた。白い布で包《つつ》まれたそれは、昨日おハルさんが大事に抱《かか》えていたあの「お骨《こつ》」の入った容《い》れ物に違《ちが》いない。

「あの、おハルさん、昨日は、ごめんなさい」

咲子《さきこ》ちゃんが、頭を下げた。

「あら、なんのこと？」

「死刑囚《しけいしゅう》の人のこと……すごい悪いことしたって……」

「咲子ちゃん、そのことなら、本当のことだもの、気にしないで。それよりも私が一人で決めたことで、みなさんを嫌《いや》な思いにさせてしまったのではないかと、申し訳なく思っているんです」

「いいえ、引き取り手のないお骨を預《あず》かるなんて、おハルさんは、立派《りっぱ》だと思います」

「かなちゃん、ありがとう。立派だなんてものでもないわ。もし自分がこの人だったらって思うと、どこかだれかの家に引き取ってもらって安心したいだろうな、って思っただけなの」

「おハルさんは、どうして死刑囚の人に会ったり、手紙を書いたりしようと思ったんですか？」咲子ちゃんが訊《き》いた。

「それはね……一緒《いっしょ》に考えてみたかったからよ。生きるってどういうことなのか、死が決められてしまったあとでなにを考えるのか。なにをしたらいいのか。でもね、最初は、そうね、そんなに深く考えたわけではなかったの。偶然《ぐうぜん》知り合った人に、慰問《いもん》の会を勧《すす》められて、もしかしたら自分もなにかの役に立てるんじゃないかなって思えたから、参加しただけなの」

「楽しい、ですか？」おずおずと訊いてみた。

「ええ、そうね、うれしい、って感じかしら。私が行くと、彼《かれ》らにとてもうれしそうにしてもらえて、私もうれしくなれるの」

おハルさんは、やさしい笑顔になった。

「ここで朝と夜、毎日お祈《いの》りさせてもらっているのよ。かわいいお嬢《じょう》さんたちが二人も一緒にお祈りしてくれたら、あの人もどんなにうれしいことかしら」

おハルさんは、透《す》き通る淡《あわ》い茶色の瞳《ひとみ》をこちらにまっすぐに向けた。私はごくりと唾《つば》を飲み込《こ》んで、はい、と答えた。

「わたしは、お祈り、は、しません」

とぎれとぎれに言う咲子ちゃんを振《ふ》り返って見ると、目にたっぷりの涙《なみだ》をたたえていた。みずうみみたいだ、と思ったとたん、ぱたぱたぱたと瞳の上の涙が、こぼれ落ちた。

「ごめんなさい……」

咲子《さきこ》ちゃんが、片手《かたて》を目に当ててうつむいた。おハルさんは咲子ちゃんの肩《かた》にやさしくてのひらを当て、いいのよ、と言った。

「咲子ちゃん、こちらこそ、ごめんなさいね。顔も見たことのない、名前も知らない人のためにお祈《いの》りだけお願いするなんて、無茶で、残酷《ざんこく》なお願いだったわよね。ごめんなさいね」

咲子ちゃんは、黙《だま》ってうつむいたまま、首を振《ふ》りつつ、涙《なみだ》の粒《つぶ》をちぎり落とした。咲子ちゃんは、ちゃんとできないと思ったものを、それを言うのがどんなに辛《つら》くてもちゃんと言えて、えらいな、と思った。そのことを、ちゃんとわかってくれるおハルさんも、すごいな、と思った。そして私は、ぜんぜんダメだな、と思った。

私も、ちょっといやだな、とは思ったのだ。死刑囚《しけいしゅう》の人のお骨《こつ》が目の前にあって、祭壇《さいだん》にまつられていて、生々しくて、でもどんな人なのか、どんな悪いことをしたのか、全然わからなくて、ただ、お祈りだけするってことが、変な感じがしたのだ。だけど、おハルさんがお願いすることだから、おハルさんの望み通りのことをして、いい子だなっておハルさんに思ってもらいたかったのだと思う。自分は、ただのいい子ぶりっこだと思う。

そんなことを思っていたら、私の目にもいつの間にか涙がたまってきて、ぽたぽたとこぼれ落ちた。立ったままうつむいていると、肩になにかあたたかいものがふれた。

「かなちゃんも、ごめんなさいね」

おハルさんのてのひらが、私の肩にある。私は首を一回振《ふ》って顔を上げ、白い布に包《つつ》まれたお骨を見た。

「まあ、とにかく、二人ともここに座《すわ》って。お願いだから、そんなに深刻《しんこく》にならないで。ね。冷たい麦茶《むぎちゃ》でも飲みましょう」

おハルさんに促《うなが》されて、テーブルの前の椅子《いす》にすわった。おハルさんは、黄色い小花の模《も》様《よう》が散っているガラスのコップに麦茶を充《み》たして、白いレースのコースターの上に置いた。こげ茶色の香ばしい麦茶がきんと冷えていて、とてもおいしかった。咲子ちゃんも黙って麦茶を飲んだ。やっと涙も止まったみたいだった。

「この人の名前を、教えてもらってもいいですか？」

私が言うと、咲子ちゃんが顔を上げて私とおハルさんの顔を交互《こうご》に見た。きょとんと目を見開いている。

「かなちゃん、名前を、知りたいと？」

「うん。名前がわかれば、この人、たしかに生きてたんやなって、同じ人間やったんやなってわかる気がする」

「死刑囚《しけいしゅう》ってことは……人を、殺したことのある人よ?」

「でも、名前があるってことは、生まれたときに、両親からつけてもらった名前があるんやってことで、ああこの人も昔は赤ちゃんやったんやなって、思うことができるけん……」

「………昔、赤ちゃんだったことと、今、わたしがお祈《いの》りするかどうかは、ぜんぜん別のことやと思う。だって、そのあとの、今までの時間のぜんぶが、あのお骨《こつ》の中にこもってるって、ことやけん。その時間の中には、この人に、ものすごーく苦しめられた人がおるけん。命までなくしとる人がおるんやけん。大事な人を、この人のせいでなくした人がおるとよ」

「うん……」

咲子《さきこ》ちゃんの言っていることが胸《むね》にささった。そうだよね、この人のこと、なにがあっても許《ゆる》さない、という人がいるとしたら、なんにも知らないでお祈りだけする私たちのことを、なんて思うだろう……。私が言葉につまっていると、咲子ちゃんがゆっくりと口を開いた。

「でも、お祈りするかどうかは別として、この人の名前は、わたしも知りたいと思う。なに考えとったかも、ちょっと、知りたか」

「じゃあ、この人の名前を、紙に書くわね」

おハルさんは、白い紙と万年筆を取り出した。紙の上に、一人の男の人の名前が、おハルさんの文字で書かれた。私はその文字をじっと見つめた。咲子ちゃんも見つめている。喉《のど》がとてもかわいてきて、唾《つば》を飲み込《こ》もうとしたけど、唾も出てこなかった。

おハルさんが、名前の横に、なにか書きはじめた。

布団《ふとん》たたみ雑巾《ぞうきん》しぼり別れとす

「これは、なに?」

おハルさんに訊《き》くと、この人が作った俳句《はいく》よ、と答えた。

「はいく?」

「『五・七・五』に見たものや感じたものをまとめるの」

「古池《ふるいけ》や、とかいうやつ?」

「そうそう。死刑囚に、俳句や短歌の先生が教えに来てくれて、作るようになる人もいるのよ。この俳句は、昨日、この人が処刑《しょけい》の直前に書き残した俳句なの」

おハルさんはそう言って、俳句を声に出して読んでくれた。

「死刑囚には一人ずつ部屋があって、毎日蒲団《ふとん》の上げ下ろしや部屋の掃除《そうじ》、雑巾がけも自分でやるの。この人は処刑《しょけい》の前にもいつもと同じことをして、それをこの世の最後の作業にしたのね」

　私は自分と同じように死刑囚《しけいしゅう》が蒲団を畳《たた》んでいるところを思い浮《う》かべた。

「咲子《さきこ》ちゃんと、かなちゃんは、この俳句で、どんなことを感じる？」

「この日、殺される、っていうのに、なんだか、落ちついてるっていうか……、きちんとしていて、びっくり、しました」

　私が、たどたどと答えると、咲子ちゃんが、私もそう思います、と続けた。

「自分が死ぬ前に、自分がいた場所をきれいにしたいと思った、ということですね」

「そうよ。潔癖《けっぺき》なところのある人だったの。最後に会ったときは、とてもおだやかな顔をしていたわ」

「みんな、そんなふうなんですか？」

「ええ、ほとんどの方が、運命を受け入れた、しずかな目をしていたわ。この人、少し前にはこんな句も作ってる」

　春暁《しゅんぎょう》の足をふんばり見送りぬ

「同じところにいた死刑囚の仲間が処刑される日にね、その人に向けて詠《よ》んだのですって。『春暁』っていうのは、春の日の夜明けごろのことよ。春の、まだ寒い朝早くに、処刑されるために呼《よ》び出されていくその人を、見送ったのね。歳《とし》も近かったから、友だちとしての強い思いがあったんだと思う。足に力を入れてふんばらないと、倒《たお》れてしまいそうだったのでしょうね」

友だちが、殺されるために歩いていく背中《せなか》を見送る様子を想像《そうぞう》した。想像しただけで、怖《こわ》くなってきて、くらくらしてきて、足の力が抜《ぬ》けてくる。苦しい。

水ぬるむ落としきれない手の汚《よご》れ

「これは、その、見送られた人が、最後に残した句よ」

おハルさんが握《にぎ》った万年筆の先から生まれた言葉を、一文字一文字噛《か》みしめるように読んだ。この、先に見送られた人も、死ぬ前にいろいろなものをきれいにしたいと思ったんだろう。でも、洗《あら》っても洗っても、手には汚れが残ってしまうように感じた。どんなにくやんでも消えない罪《つみ》のように。

「悲しいです」

咲子《さきこ》ちゃんがぽつりと言った。

「時間は戻《もど》れなくて、言葉だけが残るって、なんか、悲しいです」

「そうね、ほんとうにその通り。タイムマシンが使えたら、時間をさかのぼって絶対《ぜったい》にやめろって自分に言いにいくのに、って言っていた人がいたわ」

そう言いながらおハルさんは、俳句《はいく》を書いた紙に折り目をつけて、きれいに折り畳《たた》んだ。

「冬晴れの天よつかまるものが無い」

おハルさんが、少し上を向いて口にした。

「それも、最後の俳句？」

「そうよ。別の人が残した、最後の作品よ。この句は、だいぶ前に教えてもらったのだけど、ずっと覚えているの。この人、ほんとうはつかまるものを見つけて、生きていたかったんだって、心の奥《おく》で叫《さけ》んでいるような気がするの」

おハルさんが目を閉《と》じて、手を合わせた。おハルさんは、つかまるものを全部なくしてしまった人のために、手をさし出してあげようとしているのだと思った。

私も目を閉じ、お骨《こつ》に向けて手を合わせた。

「冬晴れの天よつかまるものが無い」

一度聞いただけで覚えてしまったその俳句を、小さな声でつぶやいてみた。広い空を、なんにもつかまるものがないまま落ちていくような感じがおそってきて、くらくらした。

私は、目の前の白い布で包《つつ》まれた箱の中に入っている、名前とたった二句だけの俳句を知っている人の悲しいたましいが、空の上では、ただただ安心していてほしいと思った。きれいな水色の空の上の白い雲のように、ふんわりとやすらかに浮《う》かんでほしいと。

ずっと目を閉じていたので、咲子ちゃんもお祈《いの》りをしたのかどうかはわからない。どうしたのかは、自分からは訊《き》かないようにしようと心の中で思った。

「わたしは、この句が好き。〝全身を口にして受く春の雪〟。春のきれいな雪が花びらみたいで、そういうきれいかもんを身体の中にしみこませたいって、願っとるみたい」

咲子ちゃんが、夢《ゆめ》みるように言った。

「うん、きれい」

「かなちゃんは、どれが好いとう?」

「えーとねえ、これが気になる。〝風鈴《ふうりん》やほんとのことがいえなくて〟」

「へえ」

「この人、きっとずっとずっと前から、子どものときから、ほんとのことが言いたくても言えんかった人なんやろうなって思えて」

「ほんとのことって、なかなか言えんけんね……。すっごく大事なこと、この人、恥《は》ずかしがりかなんかで、言えんかったとやろうね」

「うん……。風鈴はちょっとした風にでも、気持ちよく鳴るのに、自分の心の音はうまく言葉に出せんままやったやろうね」

お祈《いの》りを済《す》ませたあと、死刑囚《しけいしゅう》の人が書き残した俳句《はいく》を、おハルさんが知っているかぎり書き出して、どんな人が詠《よ》んだ俳句なのか、説明してくれたのだ。もっとこの人たちの俳句が読みたいと言ったのは、咲子《さきこ》ちゃんだった。

草地の木陰《こかげ》で、時間が経《た》つのも忘《わす》れて、おハルさんに書いてもらった俳句の感想を二人で言い合った。

「でもさあ、なんで最後にこういうことを書こうって思うようになるんかな。もう死ぬって思うからかな」

私が言うと、そうなんやろうけど、と咲子ちゃんが空を見ながら言った。

「俳句って別に、死ぬのがわかってる人ばっかりが作るわけでもないよね」

「そりゃあ、そうたいね」

相づちを打ちながら思い出したことがあった。

「うちのおじいちゃんも、俳句作っとったと。遊びにいったとき、句会に行く、とかいってどっか行ってった」

「ほんと？　かなちゃんのおじいちゃん、俳句作るんだ。どんなのか見せてもらったことあると？」

「うん、なんか見せてもらった気がするけど、ぜんぜん覚えてなかと」

「あはは」

二人で一緒《いっしょ》に笑ってしまった。笑いながら、死刑囚の人も、おじいちゃんもおんなじように俳句を作ったりするんだなあ、と思った。

「不思議」

「なにが？」

「俳句を作るとかいって、心の中に思ってること書いて、読んでもらいたがるのって」

「うん?」

「ほんとのことが言えん人が、〝ほんとのことがいえなくて〟って俳句《はいく》には書いたりするの、すごく不思議」

「あ、そうかあ、そしたらさあ」

咲子《さきこ》ちゃんが目を見開いてうれしそうな顔を私に向けてきた。

「なに?」

「口でしゃべるのが照れくさくて言いきらんけど、俳句みたいに紙に書くことはできるんやったら、いっつも紙に書いてわたしたら、ほんとのことも伝わるんじゃなかと?」

「えー、やだあ」

「なんで?」

「めんどくさか」

「そりゃあ……そうか」

「そうだよ」

「そうかも」

私は、草の上にねっころがった。木洩《こも》れ日がまぶしくて、目の上にてのひらをかざした。

咲子ちゃんもすぐ横にねっころがった。目の前の草の下を、アリが歩いてるのを見つけた。

「あ、アリがいる。〝一匹《ぴき》のアリの自由をみてあかず〟、だ」

「それ、船乗りだったっていう人の句だっけ?」

「うん、たしかそう」

「捕《つか》まってからは、もう二度と、船には乗れんかったんやろうね」

「うん」

「もう一回乗りたかったかなあ」

「そりゃあ、乗りたかったやろうね。なんかすごいよね、この人たちの俳句って、そのときどんな気持ちだったか、だいたいわかるけん」

うん……、と小さく相づちを打ちながら、咲子ちゃんがあお向けになって空を見つめた。

「わたしね、おハルさんが死刑囚《しけいしゅう》の人たちにかわいいクッションとか、おいしいお菓子《かし》とか作って、差し入れに持っていってる気持ちが、やっとわかってきた気がする」

私もあお向けになった。

「死刑囚の人って、死になさいって裁判《さいばん》で決められて、そのこと受け入れて、自分は死ぬんだな、自分がしたことで死ぬしかないんだって頭の中では理解《りかい》して、それで、覚悟《かくご》してても、それでも、やっぱり生きていたいって思うんやろうね。でも、そんなの誰《だれ》にも言えなくて……。でも、おハルさんはそれを知っていて、生きていられるうちに、少しでも楽しい気持ちになれるものを持っていってあげとるんやと思う」

「うん、それで、死刑囚《しけいしゅう》の人も、残したいんやろうね。自分が生きとったってこと」

「ちょっとだけでも残せるって思ったら、死ぬのが、楽になるのかな」

私は、咲子《さきこ》ちゃんの黒い瞳《ひとみ》をじっと見つめた。

「……そう、なんだと思う……。でもさ、だいたいどうして決められるとやろう、その人が死んだ方がいい人かどうかって……」

咲子ちゃんがそう言ったあと、沈黙《ちんもく》が続いた。「どうして決められるとやろう」という咲子ちゃんの問いに対する答えが、私には見つからなかった。

アブラゼミとクマゼミが競《きそ》い合うように鳴いていて、鳴き声の伴奏《ばんそう》をするように川の流れる音が聞こえていた。と、蝶々《ちょうちょう》が私の鼻先にでも止まろうと思ったのか、顔にふらふらと近づいてきた。

「わわわわわ」

あわてて蝶々を振《ふ》り払《はら》うように起き上がった。

蝶々は風に乗るようにふわーと遠ざかり、草原の中へ消えていった。

「夏休みが、はじまったばかりなのに」

ふっと起き上がった咲子ちゃんが、ぽつりと言った。

「なんでわたしたち、死ぬとかそういう話ばっかりしとるんやろう」

急にふうっと力が抜《ぬ》けたようになった咲子ちゃんの顔を見て、私もはっとして立ち上がった。

「そうたいね。せっかくの夏休みなのにね。よし、もっと夏休みらしくしよ」

私と咲子ちゃんは、走ろうか、と声をかけて草原をかけだした。

「♪自由って、すばらしい～。夏休みって、楽しい～」

てきとうな節《ふし》をつけて、てきとうに歌いながら、ダンスをするように二人でくるくるとまわった。

「♪夏休みは～、はじまったばかり～」

咲子ちゃんも私の真似《まね》をして、そでなしの水色のワンピースをひるがえしながら踊《おど》りはじめた。白くてやわらかい身体で夏の陽の中に飛び込《こ》んで踊る咲子ちゃんは、空から降《ふ》ってきたバレリーナみたいだった。

「かなちゃん、いつか行った神社、また行ってみらん?」

そう姉に突然《とつぜん》切り出されたとき、なんのことかと一瞬《いっしゅん》思った。きょとんとしていると、忘《わす》れたと? とあきれたように言った。

「ほら、引《ひ》っ越《こ》す前に、家を建ててたとき、行ったやん。おハルさんに初めて会った日よ」

「……ああ……」

家の下の道の、森の方へ続く坂道をどんどん上っていった先に小さな神社があったのだ。苔《こけ》むした橋をわたって、鳥居をくぐって、小さな社をのぞきこんだら……目が合ったのだ。中の人と。正確《せいかく》には、中に貼《は》られていた写真の人と。

「思い出した!」

「あそこ、もう一度行ってみらん?」

「やだよう。こわかったもん」

「でも、あんときはまだ私らはよそもんやったけど、今はちゃんと住んどるけん、挨拶《あいさつ》せんとって、思うんよ」

「挨拶? そんなの、せんといかんと?」

私がけげんな顔をすると、姉が眉《まゆ》を上げて目を閉《と》じ、常識《じょうしき》たい、とちょっといばって言った。

「こんどはちゃんとおさい銭《せん》も持っていくけん。あんときは、なんも持ってなくてすみませんでした、って」

「お小づかい少ない子どもやのに」

「おさい銭なんて、十円でよかよ。かなちゃん、いくらなんでも十円は持っとうやろ」

「うん、十円くらいは持っとう、けど」

「そしたらケチケチせんと、行くよ。ちゃんとこの土地の神様に挨拶しないと、バチが当たるけん」

バチが当たる……。私は昔からこの言葉に弱かった。いろんな人から「そんなことしたらバチが当たる」と言われたり、誰《だれ》かにそう言っていたりするのを見てきたが、「バチが当たる」とは、具体的にどうなることなのかさっぱりわからず、「バチが当たるってなに？　バチってなに？」と母をはじめ、近所の人や祖父母《そふぼ》など、いろんな人に聞いてまわったことがあった。しかし皆《みな》、「バチが当たるって、そりゃあよくないことが起こることだ」とか、あいまいなことしか言ってくれず、もやもやしたまま、ただなんとなく恐《おそ》ろしいものとして、私の中にある。なにか理由をつけて抵抗《ていこう》してみせても「バチが当たる」という言葉には、私をいやおうなく従《したが》わせてしまう力があった。

「でもまきちゃん、なんで急にお参りする気になったと?」

姉の提案《ていあん》にしたがって森へ続く坂道を上っていきながら、私は尋《たず》ねた。

「だって、この村に住んでいる人、みんなよくお祈《いの》りしとるもん」

「そういえば……」

夏休みに入ってから学校の友だちの家に遊びにいくことが増《ふ》えたけど、咲子《さきこ》ちゃんの家をはじめ、どの家にもお仏壇《ぶつだん》があって、お線香の香りがいつもしていた。外から一緒《いっしょ》に帰ってきたとき、友だちがお仏壇にまずお参りをするので、私も一緒に手を合わせた。この村では、いつも神様や仏様《ほとけさま》に見られている気がする。

「三恵子《みえこ》ちゃんが教えてくれたと。あのとき二人で行った、この森の奥《おく》にある神社が、このへんの氏神様《うじがみさま》だって。ここに住んでいますよ、よろしくお願いしますっていう挨拶《あいさつ》は、いっぺん氏神様にはしといた方がいいよって」

「そうなんだ」

そんな話をしていると、丁度《ちょうど》おハルさんの家の前を通りかかった。おハルさんの庭には、今日も赤いサルビアと、背《せ》の高いヒマワリの花が咲《さ》いていて、華《はな》やかだった。白い花壇《かだん》の柵《さく》には、ヒルガオの花がからみついていて、白い花を咲かせていた。

「相変わらずおハルさんのお庭は、きれいかねえ」

姉がふと立ち止まって、感心したように言った。

「うん」

私も立ち止まって、おハルさんいないかなと思いながら庭の中をのぞいてみたけれど、しんとしていて、人の気配がしなかった。そのかわりのように、ミャーとひと鳴き声がして、黒猫《くろねこ》がこちらに視線《しせん》をちらりと投げかけてから奥の方へ歩いていった。

おハルさん、今日もどっかに出かけとるんかな、と姉が少し残念そうに言って再《ふたた》び歩きはじめたので、すぐに後をついていった。

約一年ぶりに訪《たず》ねたその神社のまわりは、さらにうっそうと緑が濃く生《お》い茂《しげ》っていた。あのときは秋の昼だったので、しずまりかえっていたけれど、今日は蟬《せみ》の鳴き声がものすごい。

神社の鳥居の下まで続く石の橋を覆《おお》う苔《こけ》も、さらにふさふさ度を増《ま》したようだ。あのときは帰り際《ぎわ》にここで転んだのだった。思わずごくりと唾《つば》を飲み込《こ》んで、石橋に慎重《しんちょう》に足を乗せた。

「石橋をたたかずわたるカナコかな」

さっさと橋をわたり終えた姉がしゃがんでこちらを向き、からかうように言った。

「もう、からかわんといて。それ、俳句《はいく》？」

「うまいもんやろ。〝石橋をたたいてわたる〟っていうことわざにかけたっちゃん」

「なんそれ」

「知らないの？　絶対《ぜったい》こわれそうにない石橋もたたいて確《たし》かめてからわたるくらい、慎重《しんちょう》になるってことだよ」

「ええー、そんなんやないよ」

慎重にしていることをからかわれたので、急いで橋をわたり終えようとしたところで、苔《こけ》にすべって、バランスをくずした。姉がほらあ、と言いながらさっと手を取って助けてくれた。

姉はその手をぎゅっと握《にぎ》って、ほら、まずは手を洗《あら》って、と手を洗う場所に私をひっぱっていった。

竹筒《たけづつ》から細い紐《ひも》のような水がちょろちょろと出ていて、指先で触《ふ》れるとびっくりするほどつめたかった。姉が両手を皿にして水を溜《た》めてひと口啜《すす》ったので、まねをした。つめたくてさらさらしたものが、口の中にすうっと沁《し》みた。森の水だ、と思った。

私たちは、今回はゆっくりと神妙《しんみょう》に社《やしろ》の前に立ち、おさい銭《せん》を入れて鈴《すず》を鳴らし、柏手《かしわで》を打って、手を合わせ、目を閉《と》じた。目を閉じてから、願いごとを特に決めずにやってきたことに気づいた。ちらりと姉を見ると、目を閉じていっしんになにかを祈っているようだった。私もあわてて祈るべきことを考えた。

――えーと、ここに住むことになりました、山田加奈子《やまだかなこ》です。よろしくお願いします。えーと、えーと、そのう……、ここに住んでいる人みんなが、元気で幸せになりますように……。

なんだか抽象的《ちゅうしょうてき》なお祈りしかできなかった。でも、それでいいと思った。みんなが元気で、幸せに。それ以上の願いなんて、ない気がする。

シャーシャーシャーシャー、ジージージジー、うるさいほどの蟬《せみ》の声とともに押《お》し寄《よ》せてくるたくさんの生き物の気配が、ここで息をしていることは大目に見てやるから、余計《よけい》なことはするのではない、と言っているようだった。

そういえば、あのとき、社の中に人の写真が貼《は》ってあるのを見つけてびっくりしたけど、なんでそんなものが貼《は》ってあるのだろう。なにかの見間違《みまちが》いだったかもしれなくて、確《たし》かめたかったけれど、止めておいた。もしも見間違いだったとしても、用もないのに、余計な場所をのぞいてはいけません、ってことだったような気がするし。

「ねえ、かなちゃん、ちょっとこっち来て」

いつの間にか奥《おく》に進んでいた姉が、手招《てまね》きをしている。行ってみるとねじれた大きな木の幹《みき》が横たわっていて、木の柵《さく》と屋根で囲《かこ》まれていた。なにこれ？　と姉に訊《き》くと、ほら、これ、と姉が指さした先に、小さな墓石《ぼせき》のようなものがあった。よく見ると「鎧掛松」という字が彫《ほ》られている。

「んー？　これなんて読むと？」

「よろい、かけ、まつ、かなあ」

「よろい？」

「戦争にいくときの服たいね。時代劇《じだいげき》でみんな着とる、あの重そうなやつ」

「ああ、あれ」

「そりゃあ、神功皇后《じんぐうこうごう》が着とりんしゃった、よろいたいね」

背後《はいご》から急に声がしてびっくりして振《ふ》り向くと、白いランニングシャツとベージュの半ズボンを穿《は》いたおじいさんが立っていた。思わず、あ、と声が出た。習字の教室に行く途中《とちゅう》に道の真ん中に立っていたおじいさんだった。あのときなんでよけてくれなかったのか、と口にしそうになったが、止めた。おじいさんは、なんだかしあわせそうな笑みを浮《う》かべていた。

「神功皇后様は、いさましかお姫《ひめ》さまやけん、あんたらもようお参りして、いさましくなるとやなあ、は、は、は」

「お姫様なのに、よろい着て戦争に行ったと？」

姉が興味《きょうみ》しんしんで訊《き》いている。

「そうたい。先に死んでしまった夫《おっと》のかわりに、ここの井戸《いど》で染《そ》めたよろいば着て、みんなを先導《せんどう》したとたい。そんで、勝って帰ってきたとたい。お腹《なか》に子どもおりんしゃったとやのにな。帰ってきてから男の子産んだそうや」

「すごい……」姉と同時に声が出た。

「ほんとにいさましか」

「あんたら、その井戸はまだ見とらんのか」おじいさんが、驚《おどろ》いたような顔で言った。

「あ、はい」

「一度も行ったことなかとか」

「はい」

「そりゃいかんな。案内しちゃあけん、ついて来たらよか。すぐそこやけん」

おじいさんが、こちらの返事を聞きもせず、ずんずん先へと歩いていくので、戸惑《とまど》いながらも姉と二人でついていった。

神社の裏《うら》の細い道を下りたところによろいを染《そ》めたという井戸《いど》はあった。苔《こけ》むした石の台と柵《さく》で囲まれていて、濃い緑の葉をつけた木々がやわらかな影《かげ》を落とし、しずかな空気につつまれていた。

「あの井戸で染めたよろいは赤く染まったと。赤く染まったら、勝てるっちゅう、まあ、占《うらな》いみたいなことをしとったんやな」

「なんで、井戸に入れたら赤くなったんですか？」

井戸の水といえば、透明《とうめい》でつめたいもの、としか思っていなかったので、不思議だった。

「さあ、なんでやろか。わからんなあ。なにしろ千何百年も前のことやけんな、わしもさすがに生まれとらんけん。は、は、は」

また上機嫌《じょうきげん》な感じに大きな声で笑いながら、石の台に落ちている落ち葉を手で拾った。

そういえばまわりにゴミ一つ落ちていない。

「ここは、いっつもみんなできれいにしとうたい。いろんな人の、長い時間の願いがつまっとうと思うけんな」

おじいさんは、しみじみと言いながら落ち葉を拾った。私と姉も落ち葉拾いを手伝うと、さらにさっぱりとした、きれいな場所になった。苔の色も、少し深くなったような気がした。

家に帰り着くと、どっと疲《つか》れが出て、庭に面した縁側《えんがわ》に倒《たお》れこむように横になった。開け放した窓から、かすかな草の匂《にお》いのする風がそよそよと入り、とても気持ちがよかった。

かっぽう着の下にもんぺを穿《は》いた白髪《しらが》のお団子頭《だんごあたま》のおばあちゃんが、私に向かって深くお辞儀《じぎ》をした。見覚えのないおばあちゃんである。

お団子おばあちゃんが、顔を上げてこちらに向いたまま目を閉《と》じた。

「布団たたみ雑巾《ぞうきん》しぼり別れとす」

一文字一文字嚙《か》みしめるように、おばあちゃんは言った。私は、はっとした。

「もしかして、あの俳句《はいく》を作った人の、お母さんですか？」

おばあちゃんが、かすかに悲しげな笑みを浮《う》かべた。

「そうです。その通りです。あなたは、あの子のために祈《いの》ってくれましたよね。もう誰《だれ》からも憎《にく》まれることしかできないまま、法律《ほうりつ》で決められて死ぬしかなくなった身体を、その通りにした、あの子のために」

「はい、たしかに、お祈りはしましたけど」

「ありがとうございます……」

「いえ、そんな……。あの、一つ、訊《き》いていいですか？」

「はい、なんでしょう？」

「どうして、その、死刑《しけい》になるとき、そばにいてあげなかったのですか」

「それは、だって、私たちも、この社会で生きていかなくては、なりませんから……」

「え？」

「……あの子はとうの昔に……死んでしまったんだ……と思って……忘《わす》れて……家族ではなくなって……しまうしか……なかったんです……」

「なんで……そんな……忘れてしまうなんて、悲しいです」

「……しかたが……ないんです……だって……」

「だって……？」

おばあちゃんの身体がだんだん白くなっていって、今にも景色の中にとけてしまいそうになっている。とけそうになりながら、おばあちゃんは、かすかに微笑《ほほえ》んでいた。さっきおばあちゃんが言った「だって」の先の言葉を待ったが、くちびるは閉《と》じたままで動かない。

ふいにその手が動いてなにかをさし出した。受け取ってみると、かたく絞《しぼ》られた雑巾《ぞうきん》だった。セメダインでかためたようにかっちりとかたまっている。

「二度ともとにはもどりませんよ。それは、あの子の心そのものだから……」

「どういう、ことですか？」

「苦しいと口にすることも、いかんこと、ですか……？」

なにか答えようとしたけれど、おばあちゃんはどんどん透明《とうめい》になっていく。

「おばあちゃん！」

思わず大きな声を出した。

と、目が開いた。

「おばあちゃん？」

妹の声がした。庭のビニールプールにパンツ一枚《まい》で立っている妹は、身体をひねってこちらに顔を向けていた。

「おばあちゃんが、どうしたと?」

きょとんとした顔の妹の短いくせっ毛の先から、ぽとぽとと水がたれるのが見えた。

「え、いや、なんでも、なか。とっこちゃんとは、関係なか」

妹から目を離《はな》してぶつぶつ言うと、

「おばあちゃんが、どうしたと!?」

妹がビニールプールからがばりと飛び出して、こっちに向かってきた。縁側《えんがわ》に這《は》い上がって私がいる畳《たたみ》の部屋へ手をのばしたところで、母がその腰《こし》を両手でつかんだ。

「とっこちゃん、濡《ぬ》れたままおうちに上がったらいかんよ。カナちゃんは、夢《ゆめ》でも見とっただけやろね」

ああ夢、夢かあ。

母に言われて、さっき話をしていたおばあさんが夢の中のできごとだということが決定づけられてしまった。まるでほんとうのことのように話をしていたのに。会ったこともないはずの人なのに、顔の表情《ひょうじょう》——しわの動き方とか、白髪《しらが》と黒い髪《かみ》のまじり具合とか、とてもリアルだった。何度も会ってきたおばあちゃんみたいに……。

起き上がると、とても喉《のど》がかわいていたので麦茶《むぎちゃ》を飲みに台所へ行った。オレンジと黄色の花模様《もよう》のリノリウムがしきつめられている台所兼《けん》食事部屋の床《ゆか》は、こんな真夏でも少しひんやりしている。

冷蔵庫《れいぞうこ》を開けると、いつも麦茶を入れるガラスの大きな容器《ようき》の中に、濃《こ》い茶色の麦茶が満たんだった。母が毎日やかんで煮出《にだ》してつくってくれる麦茶。早速ガラスのコップに注いだ。コップに水が当たる音って好きだな、と思う。麦茶はよく冷えていて、喉《のど》と胸《むね》が一気につめたくなった。胃《い》の中に落ちた麦茶のつめたさが、ふたたび身体を昇《のぼ》って、目の奥から耳の裏《うら》にかけて、きん、とした。コップには細かい水滴《すいてき》がついている。

シンクに置かれた大きな洗い桶《おけ》の中には、次に冷蔵庫で冷やされる予定の麦茶がつまったやかんが待機している。洗《あら》い桶のふちから水がとろとろとあふれ出ていた。井戸《いど》から引いた水を細く出して、洗い桶に注ぎ続けているのだ。

井戸から出てくる水は、常《つね》につめたい。つめたくて、とても透明《とうめい》で、きれい。あふれ続ける水をただただ見続けていた。

汲《く》み上げても汲み上げても、水をあふれ出し続けてくれる井戸のように、母は新しい麦茶を作ってくれる。麦茶だけじゃない。朝ごはんも、昼ごはんも、夜ごはんも、ときにはおやつも、ずっとずっと作ってくれる。

汲《く》んでも汲んでもあふれてくる井戸水みたいに、ずっとずっとずっと……。お母さんのよろこびって、なんだろう。もし、夢に出てきたおばあちゃんみたいに、自分の子どもが、つまり私とかが、死刑囚《しけいしゅう》になっちゃったら、もう、会ってもくれなくなるのかな。

そう思ったとたん、身体がぶるぶるっと震《ふる》えた。うす暗い鉄格子《てつごうし》の中で、正座《せいざ》してうつむく、大人《おとな》になった自分を想像《そうぞう》してしまった。お母さんもお父さんもまきちゃんもとっこちゃんも、つまり、家族の人が誰《だれ》ひとり会いにきてくれない。自分が家族であることを迷惑《めいわく》にしか思ってくれなくなる。

友だちだって、誰も会いにきてくれないんだろうな。咲子《さきこ》ちゃんは、どうかな。咲子ちゃんは、死刑囚の人のためにお祈《いの》りするのは嫌《いや》だって言ってた。……でも、咲子ちゃんは、私が、そういう中で俳句《はいく》を作ったら、それは読んでくれるんだろうな。感想も伝えてくれる。手紙は、書いてくれるよね。……くれるかな……。

そうだ、おハルさんは！　他の誰もが会いにきてくれなくても、おハルさんだけは、会いにきてくれるんだ。それ、どんなにうれしいだろう。

でも、おハルさんって、今いくつなんだろう。私が大人になるころは、えーっと。うまく計算できないでいたが、なんだか身体の中を木枯《こが》らしが吹《ふ》き抜《ぬ》けていくみたいに寂《さび》しくなった。

また、考えなくてもいいこと考えちゃった。バカみたい。いくらなんでも、そんなことになるわけないやん。

私は、コップになみなみとつめたい麦茶《むぎちゃ》を注いで、悲しい考えを全部押《お》し流すようにぐいぐい飲んだ。


学校は休みでも、習字の教室はお盆《ぼん》の一週間以外は毎週あるので、姉と自転車を並走《へいそう》させて通った。習字の稽古《けいこ》に使っているお寺の部屋には、クーラーはない。緑ゆたかな境内《けいだい》に向けて戸を開け放ち、風通しがいいのでなんとか我慢《がまん》はできる。クマゼミの声が、シャワーのように部屋に注ぐ。子どもの声も聞こえてくる。お寺にセミを捕《と》りに来ている子がいるらしい。

風は通るといっても、座《すわ》っているだけで額《ひたい》から汗《あせ》が出てくるし、ぜんぜん集中できない。

「今日はこのくらいで、帰ってもよかぞ」

中津《なかつ》先生は、首に巻《ま》いたタオルで汗を拭《ふ》きながら、いつもより早めに私たちを解放《かいほう》してくれた。

みんなさっさと書いて、さっさと帰っていった。姉もその一人で、ぐずぐずしていた私に、

「かなちゃん、先に帰るけんね」と告げて行ってしまった。私はすげなく置いていかれてしまったのだった。

それでもなんとか中津先生に「よし、合格《ごうかく》。帰ってよし」と言われて帰り支度をして、なかつ文庫の棚《たな》に読み終えた『十五少年漂流記《ひょうりゅうき》』を返してから、棚を眺《なが》め、今日借りていく本を選んだ。ついついいろいろ迷《まよ》って『ふたりのロッテ』に決めて脇《わき》に抱《かか》え、貸《か》し出しノートに名前を書いていると、カナコが最後か、と中津先生の声がして顔を上げた。私の他には子どもは誰《だれ》もいなかった。文庫の本を迷っているうちに、みんな帰ってしまったようだった。

「あ……」

「ははは。カナコは本のこと考えとるときは、まわりが見えんくなるとやな」

「だって読みたい本がいっぱいあるけん」

「そりゃあ、先生の選んだ本ばっかりやけんな。もう帰るけん、一緒《いっしょ》に帰るか」

「はい」

中津先生の漕《こ》ぐ自転車のあとを、自分の自転車で追いかけた。先生は私に合わせて大きな自転車をゆっくりと漕ぎ、ときどきさっと振《ふ》り返って私がちゃんとついてきているかどうか、確認《かくにん》してくれた。振り返るたびに、むぞうさにのびた先生の髪《かみ》が風で顔に振りかかって、ナマハゲっぽくっておかしかった。

「カナコー、ちょっと農協《のうきょう》に寄《よ》り道して、ラムネでも飲むか」

「え、でも、お金持っとらんもん」

「そんなん、先生にまかせとけばよか。けど、えこひいきやって言われるかもしれんけん、みんなには内緒《ないしょ》なー」

そう言うと中津先生は、私が返事をするのを待たずに、きゅーっと自転車の向きを変えて、農協へ続く横道へ入っていった。私もあわててハンドルを切ってあとについていった。

村には自動販売機《じどうはんばいき》のようなものは一つもなく、なにか飲み物がほしいと思ったら、村にたった一つだけある農協に行くしかなかった。農協では、飲食物の他に、食器や洗剤《せんざい》などの日用品、下着などのちょっとした衣類も一階で販売《はんばい》していた。ここにしかそういったものを売っているところはなかったのだった。この村では、買い物をすることとは、農協へ行くこと、だった。

ラムネは、専用《せんよう》のガラス張《ば》りの冷蔵庫《れいぞうこ》に立てて置いてあった。先生が買って手わたしてくれたそれはよく冷えていて、細かい水滴《すいてき》のついたガラス瓶《びん》を握《にぎ》るだけでとても気持ちがよかった。

農協《のうきょう》の自転車置き場に自転車を置いたまま、その裏《うら》の小高い丘に歩いて上った。草地に樹々の緑の葉がおおいかぶさって、涼《すず》しい木陰《こかげ》を作っていた。

「ここは休む場所がいくらでもあるけん、いいな」

中津《なかつ》先生がそう言って、木の下の草の上にどっかりと座《すわ》ったので、私も隣《となり》に座った。先生はすぐに指でラムネの蓋《ふた》のビー玉を押《お》し込《こ》んで飲んだ。私もマネをして指に力を入れて一生懸命《いっしょうけんめい》押してみたが、なかなか押し込むことができなかった。

「ラムネ、かたいよな」

先生は、笑みを浮《う》かべて私のラムネを取って、よいしょっと軽く声を出しながら、私のラムネのビー玉を押し込んだ。とたんに白い泡《あわ》が瓶の口からあふれ出した。

「わわわ、早く飲め」

さっと手わたされたラムネからはどんどん泡が出てくるので、あわてて泡に口をつけて飲んだ。

「カナコ、ラムネ振《ふ》って歩いたやろ」

たしかに。うれしかったので、ラムネをぶんぶん振りながら歩いてしまった。

「ラムネは振ったら中の空気がふくらむと。コーラとかもな。振ったらいけん」

「先生、よく知っとるね」

「そりゃあそうさ。先生は大人《おとな》やけん。カナコはこれから、勉強することいっぱいあるとやなあ」

私はラムネの瓶に口を当てたままうなずいた。

「大人も知らんこと多いけどなあ。なにを知ってて、なにを知らんままなんか、僕らもよう考えんといけんな」

そよ風が首をなでた。ラムネは、押し込まれて途中《とちゅう》の瓶のくぼみのところで止まっているビー玉に邪魔《じゃま》されて、一気にごくごく、とは飲めない。喉《のど》がとてもかわいていたのでまどろっこしかったが、ふと先生を見ると、もう全部飲みほしていた。

「先生、飲むの、早か！」

中津先生は、はは、と少し笑ってラムネの瓶をゆらした。中のビー玉がガラスに当たってコロコロコロコロ、と涼《すず》しげな音をたてた。

「ここ、あんまり田舎《いなか》でびっくりせんかったか?」

先生に訊《き》かれて、はっとした。

「うん、びっくりした。雨の日は蛙《かえる》がいっぱい道につぶれとったし」

「ああ、あれなあ」

「最初の日は気分が悪くなって保健室《ほけんしつ》に行ったけど、でも、だんだん慣《な》れて、もうだいぶ、平気です。っていうか、今ここがすごい楽しい。初めて来たときがえらい昔に思えると」

「そうかあ。僕《ぼく》も最初にここに来たときはびっくりしたな」

「先生も、どっか別のところから来んしゃったと?」

「ここの村の子どもたちのために書道塾《しょどうじゅく》開いてほしいそうやけん行きなさいって、あるとき僕の習字の師匠《ししょう》に言われて来た。子どもに習字教えるんは楽しいし、小さいころからいろんなところに住んできたけん、又《また》新しいとこで暮《く》らすのもおもしろいやろと思って、やってきたけど、すごいなあ、ここは」

「うん」

「ここなら、習字を教えながら僕の夢《ゆめ》もかなえられるかもしれんって思っとる」

「先生の夢って、なんですか?」

「僕は、童話作家《どうわさっか》になりたいと思っとる」

「ほんと!? どんなの書いとりんしゃると!?」

「今は、カナコみたいなおっちょこちょいが出てくるの書いとる」

「えー、ひどいなあ、おっちょこちょいって」

「はは、冗談《じょうだん》や。素直《すなお》なかわいい子として書いとるよ」

「ほんとう? それ読みたい」

「いや、それはダメやな。途中《とちゅう》で人に見せたら、話が死んでしまうけん、完成するまでぜったいに、人には見せんことにしとる」

「話が、死ぬ?」

「話を作るというのは、現実《げんじつ》とは違《ちが》う時間と世界を、登場人物たちがその世界しかないと思いながら生きるってことやけん。現実とは違うんやってことを物語の本人たちは考えたりせんで、その世界で呼吸《こきゅう》して生きることで話も生きる。だけど、話が完成する前に、現実の世界に、この世界のことを話したりしたら、そこから空気が抜《ぬ》けてしまって、物語の世界の人間は息ができんくなって、世界が死んでしまう気がするとよ」

「物語が息をする……」

「そう、少なくとも僕《ぼく》はそう思っとる……って、なんかキザで、バカみたいやけん、はずかしいな」

「ううん。物語の中のこと、完成するまで誰《だれ》にも話さずに自分の中にあるって、あったかいトンネルの中のことみたい。それで出口まで来たら、みんなでその世界を体験できるようになるんやね」

「うん、そうだね。トンネルっていうか、森の中っていうか」

「あ」

「え?」

「森の中、そうだ、いっぱい生き物がうじゃうじゃいるし、なんか不思議なものがいっぱいあるし」

「そう、この村ぜんぶがそういうふうにも思える。カナコは子どもだから、物語の途中《とちゅう》を生きているんだな」

「先生だって、大人《おとな》の人だって、物語の途中やないと?」

「ああ、まあ、なあ」

「先生、話、完成したら、読ましてよ」

「そうだな、本になったらな」

「ちゃんと、本になると？」

「なるさ」

「いつ、なるの？」

「いつって、いつか、な。いつか本にするさ。さて、帰るか」

中津《なかつ》先生は、ラムネの瓶《びん》を握《にぎ》ったまま、たたたた、と丘《おか》をかけ下りた。あ、先生待って、とあわてて後をおいかけたら、転びそうになった。そのとき、ラムネの中のビー玉がカラカラ鳴って、ラムネに笑われた気がした。ラムネの笑い声を聞きながら、中津先生の書く物語ってどんなふうだろうとずっと思っていた。


夕ご飯の食卓《しょくたく》に山盛《やまも》りのゆでた枝豆《えだまめ》が出た。母が庭で育てていたものだ。収穫《しゅうかく》したばかりの枝豆は、うそみたいに甘《あま》くて、味が濃《こ》かった。姉と妹と私で、餌《えさ》に群《むら》がる動物みたいに頭を寄《よ》せ合って、さやから口に、うす緑色の豆を放り込《こ》んではむしゃむしゃ食べた。

「おーい、お父さんにも残しといてくれよう」

父が悲しそうな声で言ったので、私たちははっとして顔を上げた。枝豆は、ひと握《にぎ》り残っているだけだった。妹はまだ食べたがったが、姉と二人で妹を止めて、お父さんごめんなさい、と皿をそろそろとビールのコップをどんと置いている父の方に移動《いどう》させた。

「これっぽっちかあ。ま、お母さんの家庭菜園は大人気で、大成功《だいせいこう》ってことやな」

父が言うと、母がうれしそうに、「自給自足生活に、すっかり目覚めちゃったわあ、今度はチャボでも飼《か》おうかしら」と言いながら揚《あ》げたてのコロッケを食卓《しょくたく》に運んできた。

「チャボ？　あの、ニワトリみたいなやつ？」

私は「チャボ」がわからなかったが、姉は知っているらしかった。

「そう。お母さんね、子どものとき住んどった田舎《いなか》でニワトリとチャボを飼っとったんよね。毎朝ニワトリ小屋行って、卵《たまご》を取ってくるのが子どもたちの仕事でね。産みたての卵は、そりゃあおいしかったとよう」

「わあ、いいなあ、飼おうよ！」

「いやあ、たいへんじゃないんか？」

父が、少し眉《まゆ》を下げて言った。

「大した手間じゃなかよ。飼っとられる家が、ゆずってくれるって話もあるし」

いやしかし鶏《にわとり》小屋が……、とまだなにか言いたげな父だったが、私たち三姉妹がわあわあ言って盛《も》り上がり、入り込《こ》む隙《すき》を与《あた》えなかったので、父はもうなにも言えなくなったようだった。

一週間後には、私たちの家の庭に、咲子《さきこ》ちゃんちで使わなくなった小さな鶏小屋が設置《せっち》され、チャボのつがいがやってきた。咲子ちゃんと三恵子《みえこ》ちゃんも、そのチャボのつがいが鶏小屋に入るのを見届《みとど》けてくれた。

「かなちゃんたち、これから毎朝楽しみだね」

「うん、うん」

チャボだよ、と母が妹に教えると、指をさして「チャンボちゃん」と言ったので、名前はそのまま「チャンボちゃん」になった。雄《おす》も雌《めす》も、「チャンボちゃん」である。

やってきて三日後に、雌のチャンボちゃんは、卵を初めて産んだ。ニワトリの卵より一回り小さな白い卵だった。

早速母がそれで卵焼きを焼いて五つに切り分けて、ほんの一口ずつ食べた。こっくりと甘《あま》かった。枝豆《えだまめ》といい、この卵といい、今までお店で買ってきた他のどれよりもおいしい。いつも近所の人からもらう野菜も、そうだ。

「お店で売っとるものもおいしいんやけどさ、なんか違《ちが》うんよね。ほんとうにおいしいものは、お店では売っとらんってことなのかなあ」

姉が目を閉《と》じてうっとりと言った。姉も今、自分と同じことを考えてたんだ、と思ってうれしくなった。

そういえば、おハルさんがくれた手作りのお菓子《かし》やクッションって、どれもお店では売ってないものだ。おハルさんがくれた刺繍《ししゅう》のハンカチ、お店でみかけた他のどんなものよりもかわいいと思う。誰《だれ》が作ったかがちゃんとわかるってことが、かわいさを倍増《ばいぞう》させてるんだ。母が作った枝豆《えだまめ》だから、チャンボちゃんが産んだ卵《たまご》だから、おいしさ倍増なんだな。お店はなくても、ぜんぶ自分たちで作れるってほんとにすごい。かわいさ倍増、おいしさ倍増できる人に、なりたいな、と思った。


「さあ、行くぞ」

朝起きると、父の突然《とつぜん》のドライブ宣言《せんげん》が出た。ドライブ宣言は、とても久《ひさ》しぶりに聞いた。家を建てるときは毎週末、このセリフが父の口から放たれたのだが、こっちに越《こ》してきてからの父は、近所を散策《さんさく》して古墳《こふん》や土器を探《さが》すことにはまっていて、休みの日の家族でのドライブは、ほとんどしなくなっていた。

古い城《しろ》が建っていたこの一帯には、古墳が多く、土器もよく見つかるのだ。だから父の興味《きょうみ》の中心は、遠い場所ではなくて、遠い昔の人々が土の中に残したものになってしまったのだった。最初のころは私たちも父の古墳探しにつき合うことがあったが、最近は、自分だけの方が行きたいところにずんずん行けるとわかったのか、父一人で出掛《でか》けることの方が多かった。

しかし今日は、なぜか突然の「さあ、行くぞ」、つまり家族全員で出かけるぞ、である。

姉が冷静に、どこに行くの？　と父に訊《き》くと、海だよ、と答えた。

「海!?」

姉と同時に同じ言葉が出た。

「実はこの間、糸島《いとしま》半島の先に一人で行ってきたんやけど、ものすごくきれいな海やったから、おまえたちにも見せてやらんといかんな、と思って。海水浴《かいすいよく》できる場所も、ちゃんとある」

「わーい。水着、水着〜。浮《う》きぶくろ〜」

「やっぱり夏は、なんといっても、海やろう」

はしゃぎまわる私たちに母が、「水着の用意ができたら、こっち手伝って」と台所から声をかけた。大急ぎで弁当《べんとう》を作っていたのだ。

「まったく、お父さんの気まぐれには困《こま》ったもんやね」

母はぶつぶつ言いながらも、うれしそうだった。チャボを飼《か》わせてもらったかわりに、父の気まぐれドライブにもつき合おうってことなのかどうかはわからないが、おにぎりを握《にぎ》る母は、自然に鼻歌をうたっている。

母の機嫌《きげん》のよさは、家全体の機嫌のよさになる。私と姉は、よろこんで弁当作りを手伝った。

おにぎりを握りながら、ふと思い立って、ねえ、咲子《さきこ》ちゃんも呼《よ》んでもいい？　と母に提《てい》案《あん》した。

「咲子ちゃん、ってことは、三恵子《みえこ》ちゃんとゆうこちゃんもって、ことね？」

おにぎりにぐるりと海苔《のり》を巻《ま》きながら、母が言った。

「よかよ」

「わあ、よかと!?　三恵子ちゃんたちも誘《さそ》って」姉が高い声で叫《さけ》んだ。

「けど、そんなことになったら、もう一台車出さんといかんくなるなあ。川島さんちも急に海に行こうなんて、大丈夫《だいじょうぶ》かいな」

横から会話を聞いていた父がそう言うと、川島さんがもしダメでも、ママ号があるわよ、と母は拳《こぶし》を握《にぎ》り、ポパイみたいに力こぶをつくるマネをした。

「免許《めんきょ》取り立てのママ号は、おそろしか〜」

「なん言いよると。優秀《ゆうしゅう》な成績《せいせき》で卒業した優良《ゆうりょう》ドライバーやけん、大丈夫たい」

「じゃあじゃあ、咲子ちゃんたち、呼《よ》びにいってよかと?」

「まずは電話して咲子ちゃんのお母さんに聞いてみるけん、ちょっと待って」

お母さんは咲子ちゃんの家にかけた電話を切りながら、親指とひとさし指でOK《オーケー》の印のマルを作った。

「やったー!」

姉と同時に声が出た。

「ただし、咲子ちゃんのお母さんは、用事があって今日は一緒《いっしょ》には行けんそうやけん、やっぱりママ号の出動になるたい」

「わーい」

姉と二人で、ゴムまりのように跳《は》ねながら坂道を下りていくと、家の前で三恵子ちゃんが夕子《ゆうこ》ちゃんをだっこして浮《う》かない顔をしていた。

「今日は、お母さんもばあちゃんも出かけるけん、私がゆうこちゃんの面倒《めんどう》をみるように言われとうと。だから、せっかく海に行っても一緒に遊べんかもしれん」

「ゆうこちゃんなら、とっこちゃんと遊んでもらうけん、大丈夫やない？」

「だって、とっこちゃんとゆうこちゃんを、まきちゃんのお母さんが一人でみるの、たいへんすぎるやん」

「え、そうなの……」

「こういう小さい子は、一人に一人、大人《おとな》がちゃんとついとらんと、目を離《はな》したスキにあっという間に海に入ったりして、えらいことになるって、お母さんが……」

「大人なら、お父さんもおるし」

「かなちゃん、お父さんは……」

姉が私にだけ聞こえるように、かすれた声で言った。姉が言いたいことはすぐに察知した。

父は、前に別のところで海水浴《かいすいよく》をしたとき、どんどん遠くまで泳いでいって、一人で楽しんでいたことがある。子どものことをずっと気にかけて行動するなんて、きっとできない……。

「そう、やね、お父さんは、ちょっと……」

「だから、咲子《さきこ》ちゃんだけ行ってきたら。ゆうこちゃんと私は、家で留守番《るすばん》しとくよ……」

「えー!!」私と姉と咲子ちゃんが同時に声を出した。

「あらあ、おじょうさんたち、朝から元気な声ですこと」

おハルさんが、畑の方から下りてきた。

「おハルさん!」

今度は、私と姉と咲子ちゃんと三恵子《みえこ》ちゃんの声が重なった。


母の運転する車には、妹を抱《だ》いた姉と夕子ちゃんを抱いた三恵子ちゃんが乗り、父の運転する車には、私と咲子ちゃんとおハルさんが乗ることになった。

「まあ、海水浴に行くなんて、何年ぶりかしらねえ」

急遽《きゅうきょ》参加することになったおハルさんは、目尻《めじり》にたくさんのしわを寄《よ》せて、笑顔になった。

おハルさんがいれば、夕子ちゃんを任《まか》せて安心、というこちら側の都合で誘《さそ》ったのに、「まあ、あほんとう? こんなおばあさんが一緒《いっしょ》にいってもいいのかしら。まあ、お招《まね》きいただけるなんて、うれしいわあ」と明るくこたえてくれたのだった。

おハルさんと遠くに行けることがうれしくてしかたがなくて、助手席《じょしゅせき》をあけたまま、おハルさんはこっちこっち、と咲子《さきこ》ちゃんと二人で手招《てまね》きをして、後部座席《こうぶざせき》に咲子ちゃんと私でおハルさんを挟《はさ》むように座《すわ》ってもらった。お父さんには、おハルさんが窮屈《きゅうくつ》だろうとたしなめられてしまったけど、おハルさんは、「いえいえ、すてきなクッションにはさまれてるみたいで、気持ちいいですよ」とおだやかに言ってくれた。

「ねえねえ、おハルさんって、泳げると?」プールバッグを胸《むね》に抱《かか》えて訊《き》いた。

「実はね、ここに住んでいたころ、つまり私があなたたちくらいのときには、ぜんぜん泳げなかったの。でもね、アメリカで泳ぎを覚えたの。海の近くの街に住んでいたから」

「アメリカの海! 広いんやろうなあ」

咲子ちゃんがうっとりと言った。

「ええ、そりゃあ……。でも海ですもの、海同士はどこもつながっていて、みんな同じに広いのよ。でも、そうね、色が、違《ちが》うわね、それぞれの場所で。うーん、そうねえ、言葉でうまく言えないけど、絶妙《ぜつみょう》に色が違うのよ。人間の顔と同じように、違うのよ」

「へえ……」

おハルさんが少し目を細めた。遠くを見ているような透《す》き通った瞳《ひとみ》だった。おハルさんはその目で見た遠いアメリカの海を、今、思い出してるんだ、と思った。

「夏でなくてもね、泳げないときでも、時間ができるとね、よく海を見にいったわ。辛《つら》いことがあって、苦しくなっても、悲しくなっても、海を見ていると、不思議に全部流れていくように、気持ちがよくなったの」

「わかります！」

咲子ちゃんが目を見開いて言った。咲子ちゃんにも、海に流したくなるような辛いことや苦しいことってあるんだ、と思うと、急に咲子ちゃんがお姉さんに感じられてしまった。

「でもね、途中《とちゅう》で自由に海に行くことはできなくなってね」

「どうしてですか？」

咲子ちゃんの眉《まゆ》が少し下がった。

「戦争が、始まっちゃったから。私たち日本人はアメリカの人たちにとっては、敵《てき》の国の人間になってしまったのよ。逃《に》げ出せないような場所に集められて、自由に出歩いたりはしちゃいけなくなったのよ」

おハルさんは、一瞬《いっしゅん》さびしそうに笑ってから、視線《しせん》をはずした。訊いちゃいけないことを訊いてしまったような気がして、私もおハルさんから目をそらしてうつむいた。

「ふつうに海を見にいけるって、わたしたち、しあわせたいねえ」咲子ちゃんが言った。

「そうね、感謝《かんしゃ》しないといけないわねえ。海に連れていってくれるかなちゃんのお父さんとお母さんに、海に行くことをゆるしてくれた咲子《さきこ》ちゃんのお父さんとお母さんに、そして、いつでも海に行けるようにしてくれるこの国と、そしてなによりも海自身に」

目を閉《と》じた。目の奥《おく》にある、いつか見た海の風景を呼《よ》び起こしてみる。とても青くてきれいで、きらきら光っている。ありがとう海、と心の中でつぶやいた。

記憶《きおく》の海のことを考えているうちに、本物の海に着いた。白い砂の海岸から、薄《うす》い水色の透明《とうめい》な浅瀬《あさせ》が続き、沖《おき》には青緑色の海が広がっていた。風がそよそよ吹《ふ》いて、海の表面は遠くの方まできらきら輝《かがや》いている。

「こんなに透《す》きとおっとる海、初めてみたー！」

姉が高い声で叫《さけ》んだ。私も、うん、うん、と激《はげ》しくうなずいた。

「日本の海やないみたいー」

「日本の海やないところ、かなちゃん行ったことあると？」

咲子ちゃんにびっくりした声で訊かれた。

「なかよ、なかー。あるわけ、ないやん」

会話を聞いていた母が、うしろから笑いながら答えていた。

「でも、かなちゃんの言いたいこと、わかるわ。こんなきれいか海、お母さんも初めて見た気がする」

「な、来てよかったやろう?」

父が、ゴムボートをふくらますポンプを足で押《お》しながら、ほこらしげに言った。その足を動かすたびに、黄色いビニールが、空の雲みたいにむくむくとふくらんでいく。妹が興奮《こうふん》してふくらみかけのそれに飛びついた。

「おい、とっこー、そんなことすると、またしぼんでしまうやないかー」

父が真っ赤な顔をして、妹の体重にまけじと勢《いきお》いをつけてポンプを押した。三恵子《みえこ》ちゃんに抱《だ》かれた夕子《ゆうこ》ちゃんも、両手をのばしてきゃいきゃいと声を出し、妹に加勢《かせい》する気まんまんである。三恵子ちゃんがついに振《ふ》りきられるように夕子ちゃんを抱《だ》き下ろすと、妹の横で、黄色いできかけのゴムボートのへりに、ばーんと飛び込《こ》んだ。

小さな二人の猛攻撃《もうこうげき》を受けて、父の必死のポンプ作業は続いたが、なかなか完成しそうにない。小学生姉組の私たち四人は、遠巻《とおま》きにそれを見ながらおかしくてしかたなくて、ゲラゲラ笑ってしまった。

「笑っとらんと、助けてくれよ〜」

そう言う父も笑っていた。


「みなさん、ご一緒《いっしょ》してもいいかしら」

私たちも手伝って、なんとか空気入れを完成させたゴムボートを海に浮《う》かべて押《お》していると、背後《はいご》からおハルさんの声が聞こえてきた。振り返ると、つばの広い麦藁帽子《むぎわらぼうし》を被《かぶ》り、斜《なな》めに白い線が二本入った紺色《こんいろ》の水着を着たおハルさんが立っていた。

「おハルさん、水着！　海に入ると!?」

思わず大きな声で言うと、「当たり前ですよ、海に来たのですから」という声が返ってきた。

「ゆうこちゃんもとっこちゃんも、さっきからはしゃぎすぎて疲《つか》れてしまったみたいで、今さっき眠《ねむ》ったの。だからその間に、私もちょっと子守のお暇《いとま》をいただいて、あなたたちと遊ぼうと思いましてね」

そう言うとおハルさんは、片目《かため》にたくさんのしわを作ってウィンクをした。

「じゃあ、先に泳いでいくから、そのボートで追いかけてきてちょうだいね。もうおばあさんだから、途中《とちゅう》でおぼれるかもしれないから」

おハルさんは、波の間をかきわけるようにざんざんと海の中に入っていき、くるりと振《ふ》り返ると、帽子を被った頭を器用に水の上に出したまま背泳《せおよ》ぎをしはじめた。白い腕《うで》が波の上に現《あらわ》れたり消えたりしている。

黄色いゴムボートの上には咲子《さきこ》ちゃんだけが乗って、私と三恵子《みえこ》ちゃんが横から、姉がうしろから、三人のバタ足でそれを押《お》しながらおハルさんを追いかけた。けれども優雅《ゆうが》に腕をまわして進むおハルさんには、なかなか追い付けなかった。

おハルさんは、波がおだやかな沖《おき》でふと泳ぎを止めると、立ち泳ぎで私たちに手を振《ふ》った。逆光でシルエットになった、ゆらゆらゆれる麦藁帽子と長い腕が、波間に反射《はんしゃ》する光を受けて、輪郭《りんかく》があいまいになり、なんだかとても遠いところから手を振っているような気がした。おハルさんは、ずっと波間に住んでいる人のようだった。

「じゃあみんな、気合い入れるよー」

姉の声がしたとたん、ゴムボートが、急にぐっと押された。姉がバタ足のスピードを上げたのだ。その足がはね上げた飛沫《しぶき》が顔にかかった。ひゃあ、と思わず声を上げながら、私もバタ足の速度を上げた。ゴムボートの上にいた咲子ちゃんは飛沫をたくさんかぶったらしくて、きゃあきゃあ高い声を上げて笑いつつ、ちょっと咳《せ》き込《こ》んでいた。右横担当《たんとう》の三恵子ちゃんも気合いを入れたらしく、ゴムボートはぐいぐい進んでおハルさんのところにようやくたどりついた。

「あらあ、助けにきてくれてありがとう」

おハルさんは、少し荒《あら》い息をしながらゴムボートにしがみついた。

「さすがに年ねえ。もう疲《つか》れちゃった。これでも若《わか》いときは、平気で何キロも泳いだのよ」

ボートの上に乗っていた咲子《さきこ》ちゃんがとぽんと海に飛び込んでボートにつかまり、おハルさんどうぞ、と促《うなが》した。

「あら、ありがとう。では、遠慮《えんりょ》なく」

おハルさんは、ざざん、と水音を立ててゴムボートの上に上がり、そのままあお向けに寝《ね》そべり、帽子《ぼうし》を顔に被《かぶ》せた。

「ああ、すてき。とても気持ちいいわあ。まるで、天国にいるみたいよ」

ゆらゆらゆれるゴムボートの上に、麦藁《むぎわら》帽子とおハルさん。そのボートに腕《うで》一本でつかまる私たちも、波に合わせてゆらゆらゆれた。ゆらゆらゆれる波に、光もゆられて、今、自分たちはとても遠い場所に来てるんだ、と思った。

砂浜《すなはま》の方を見ると、お父さんとお母さんが手を振《ふ》っているのがわかった。お父さんが妹を、お母さんが夕子《ゆうこ》ちゃんを抱《だ》いている。二人とも目が覚めたんだ。私たち四人も手を振り返した。

「そろそろ帰らなきゃ。戻《もど》れなくなったら大変やけん」

三恵子《みえこ》ちゃんが、お姉さんっぽく言った。

「あらあ、残念ねえ。もっと海で遊んでいたかったのにぃ」

おハルさんがわざと甘《あま》えたような声でそう言った。すると三恵子ちゃんは、ダメダメ、おハルちゃん、もう帰りますよ、とさとすように言って、バタ足を始めた。

私もまだ遊んでいたかったけど、これ以上沖《おき》へ行くのはなんだかこわかったので、少しほっとしながら、浜辺へのバタ足を開始した。帰りは波で押《お》される方向に流されればいいだけなので、あっという間に着いた。

浜辺では、妹が大泣きしていた。自分もゴムボートに乗りたかったのだそうだ。「まきちゃんずるーい、かなちゃんずるーい」と、泣きながらさんざん責《せ》められてしまった。

「じゃあちょっとお父さんと一緒《いっしょ》に、とっこちゃんに納得してもらいにいってくるから、まきちゃんたちは、ゆうこちゃんをお願いね。先にお弁当《べんとう》を食べてていいから」

父と母が妹を連れていくとき、夕子ちゃんには、ビーチボールを投げて気をそらさせた。

夕子《ゆうこ》ちゃんも一緒《いっしょ》にゴムボートに乗るのはさすがにあぶないと母が判断《はんだん》したのだ。しかし、しばらくすると大親友の「とっこちゃん」がいないことに気付いた夕子ちゃんは、さっきの妹のように激《はげ》しく泣きはじめた。

「あーごはん、ごはん食べよう」

「ん？」

ごはんと聞いたとたん、ほっぺたに涙《なみだ》の粒《つぶ》をつけたまま、夕子ちゃんが泣き止んだ。

青と白のストライプのパラソルの下で、今朝《けさ》つくったおにぎりをみんなでぱくついた。外で食べるおにぎりって、どうしてこんなにおいしんだろう。あ、梅干《うめぼ》しだ、と思ったとき、沖に浮《う》かんだゴムボートの上の人が手を振《ふ》っているのに気付いた。おにぎりにかぶりついたまま、片手《かたて》で父と母と妹に手を振り返した。

手を振りながら、さっきまで自分があっちにいたことが、もう不思議に思えてならなかった。

「こんなに楽しい気持ちになれたのって、何年ぶりかしら。ああ海はいいわねえ。ほんとにいいわねえ」

帰りの車の中で、おハルさんは何度も言った。

「アメリカで閉《と》じ込《こ》められていたときは、もう二度と海を見ることはできないんじゃないかって、思ったこともあったのよ。そう思ったってことを、海に来るたびに思ってしまうから、あまり行かなくなってしまったの」

おハルさんが、わたしの手に、ぶあつい白いてのひらを重ねてきた。あたたかかった。ちょっと首をのばして見ると、咲子《さきこ》ちゃんの手の上にも、置かれていた。

「あなたたちは、そんな思いをすることは、きっとないでしょうね」

「おハルさんは、どうしてアメリカに行ってたんですか？」

咲子ちゃんが訊《き》いた。

「働くためよ。私が結婚《けっこん》した人は長男じゃなかったから、田んぼや畑を譲《ゆず》ってもらえなくて、自分で働くところを探《さが》さなくちゃいけなかったの。だから、働くところを求めてアメリカにわたったのよ。そういう人はいっぱいいたから、一緒に大きな船に乗って海をわたったわ。アメリカだけじゃなくて、ブラジルやハワイなんかにもたくさん人が移住《いじゅう》したのよ」

「じゃあ、みんなが一緒で、楽しかった？」

「船に乗って向かっていたときはね。希望で胸《むね》がいっぱいだった。だけど、現実《げんじつ》はとても厳《きび》しかったのよ。現地《げんち》に着いたらみんなバラバラになって、言葉はぜんぜんわからないし、みんなほんとうに苦労したわ。だんなさんと私は、海の近くの大きなお家に住み込《こ》みで入ることになって、彼《かれ》はお庭を整える係に、私は家事を手伝う係になったの。いろんなお料理なんかは、このとき教えてもらったのよ」

「じゃあ、みんな親切だったんだ」

「まあ、親切、とまではいかないけど、わからないことは、訊《き》けば、教えてくれたわね。とにかく、生きていくために覚えなくちゃいけないことばかりで、必死だったわ。あのね、知らない土地に行ってうまくやるコツって知ってる?」

「え、なに?」

思わずまばたきをした。

「あ、かなちゃんも咲子《さきこ》ちゃんも、もう、うまくやっているわね」

「え、ほんと?」咲子ちゃんと私は、目を合わせた。

「ただただ、にこにこしていることよ」

「にこにこ?」咲子ちゃんが、きょとんとした声で言った。

「そう。自分に与《あた》えられた時間の中で、今自分にできることを、せいいっぱいやって、なにがあってもにこにこしていること。人が見ていても、見ていなくても、かっこ悪くても、苦しくても、寂《さび》しくても、ただただできることをして、にこにこしているの。それだけ」

「それだけ？」

「そう、それだけ。にこにこしている人を見たら、気持ちがいいでしょう」

「うん」

「気持ちのいい人だな、って思われたら、自然に気持ちのいい人になっていくのよ」

「へえ……」

「あのころは、人種が違《ちが》うっていうだけで、人間として扱《あつか》ってくれないような人もいたけど、なにがあってもなにを言われても、にっこり笑って過《す》ごしているうちに、苦虫をかみつぶしたような顔の人も、だんだん笑顔になってきたわ。心って、うつるのよ。逆《ぎゃく》も一緒《いっしょ》。苦虫をかみつぶしてばっかりいたら、まわりもみーんな苦虫をかみつぶしはじめるのよ。こんなふうに」

　おハルさんが「苦虫をかみつぶした顔」の実例を作って、咲子ちゃんと私に、「ん」「ん」とうなりながら見せてくれた。おかしくて、二人で大笑いしてしまった。笑いながら、おハルさんの言う「人間として扱ってくれなかった」って、どんな感じなのか、とても気になった。

いろんな人に、いろんな嫌《いや》な思いをさせられても、にこにこしてなんていられるのかな。おハルさんの言ってることは無理なんじゃないかと思えてならなかったけど、おばあちゃんなのに、海の中にぐいぐい勇敢《ゆうかん》に入っていくおハルさんの言うことなんだから、きっと嘘《うそ》じゃないんだろうとも思った。

車の窓《まど》ごしに入ってくる夕方の光がまぶしくてしばらく目をつぶっていると、そのままことりと眠《ねむ》りに落ちてしまった。眠りに落ちながら、おハルさんの手のあたたかさを感じていた。気持ちよさそうな寝息《ねいき》も聞こえてきたけど、おハルさんのものなのか、咲子《さきこ》ちゃんのものなのか、自分のものなのか、わからなかった。


夏休みが終わり、いつまでも暑いなあと思いながら学校へ通っていたが、帰る途中《とちゅう》にふと気付くと、道の両脇《りょうわき》の田んぼが金色の稲穂《いなほ》を重そうに垂《た》らしていた。

風がそよそよと吹《ふ》くと、稲《いね》がこすれあってしゃらしゃらと音を立てる。そのたびに、香ばしいようないい匂《にお》いも漂《ただよ》ってきた。

「わあ、お米が、いつの間にか実っとる！」

思わず声を上げると、一緒《いっしょ》に歩いていた咲子ちゃんが、今ごろ気付いたと？　と言いながら白い歯を見せて笑った。

「だって、みんなが暑い、暑いって言って、夏のあいだ家の中でごろごろしとったり、海とかに行って遊びまわったりしとった間にも、どんなに暑くても、このお米たちはここから一歩も動かずに熱すぎる太陽の光をがんがん浴《あ》びながら、じっくり土の養分《ようぶん》を吸《す》って、実を太らせてきたんよね。すごいよねえ……」

思わず腕《うで》を組んでそう言うと、咲子ちゃんがまんまるい目で、そういうところに気付くかなちゃんがすごいよ！　と言った。

「わたしは生まれたときから目の前に田んぼがあったけん、稲が大きくなってお米ができることやら当たり前すぎて、それについて考えたこともなかったよ」

「私も稲穂を初めて見たってわけじゃなかよ。だけど、こうやってランドセルしょって学校から帰っとるときに、そばにそれがあるっていうのが、すごいなって感じ。前は学校の行き帰りって、家の塀《へい》とかしかなかったもん」

じゃあ、あれは？　と言いながら、咲子ちゃんが田んぼのむこうを指差した。遠くに見える丘《おか》が金色にかがやいている。この間まで緑の草が生いしげっていたはずの場所が、すすき野原に変わっていて、傾《かたむ》きかけた陽をやわらかく反射《はんしゃ》していたのだ。

すすき野原は、もちろん前に住んでいたところにもあったけれど、あんなに広々と、見事なかがやきを見せる場所はなかった。

「すごーい！　きれいかー」

「わたしもあの景色は大好き」と言いながら咲子《さきこ》ちゃんがにこにこした顔を向けるので、私もつられてにこにこ顔になった。

「ねえ、あそこに生えているすすきで、ふくろう作ろうか」

「えっ、なにそれ」

「すすきでふくろうのおもちゃが作れるとよ。うちのおばあちゃんが得意やけん、教えてくれるよ」

「わー、すすきのふくろう作りたいー、咲子ちゃんち行くー」

「えー、じゃあ、これから来るー？」

「行くー」

そんな話をしながら歩いていたら、息が切れてきた。今日することが決定したので、少しでも早くそれを成《な》し遂《と》げるために、自然にとても早足になっていたのだった。

咲子ちゃんのおばあちゃんに訊《き》いたところ、すすきでふくろうを作るには、取ってきてから何日か乾燥《かんそう》させた方がいいということだった。

「今日はとりあえず、すすきの収穫《しゅうかく》だね」

母から借りた剪定《せんてい》ばさみをしっかり握《にぎ》って、咲子ちゃんとすすき野原を目指した。

「でもかなちゃん、これって、収穫って言っていいとかいな。収穫ってさあ、農家の人が自分で育てた作物を取るときに使う言葉だと思うよ」

「そうか。そうたいね。そしたらなんだろう、〝もみじ狩《が》り〟みたいに、〝すすき狩り〟?」

「〝もみじ狩り〟ってもみじを見ることで、取ってきたりするんやないよ」

「そうなん!? ずっともみじをみんなで拾い集めにいくことやと思っとった!」

「あはは、かなちゃんっておもしろかー」

「えー、じゃあ、なんて言えばよかと?」

「え、えーと、普通《ふつう》にすすき採《と》り、でいいっちゃない」

「あ、そうか。咲子ちゃん、頭いい〜」

「こんなのでえ」

咲子ちゃんはおかしそうに笑った。

「かなちゃん、おおげさやけん」

「なんでもおおげさに考えた方が楽しいやん」

「かなちゃんって、ほんとめでたいねえ。一緒《いっしょ》にいて、ほんと楽しかあ」

「私も、咲子《さきこ》ちゃんといたら、楽しい」

「わたしのどこが楽しい？」

「えー、だって、なんとなく……咲子ちゃん、やさしいし……頭いいし……」

言いながらなぜだか顔が熱くなってきた。

「なんか急にそんなこと言うと、てれくさいよ」

「うん、言われてる方も、なんか、はずかしいし」

小さい声でうつむく咲子ちゃんの顔も、ほっぺたがちょっと赤かった。咲子ちゃん、かわいいな、と思った。

それから三日後に、咲子ちゃんのおばあちゃんに教えてもらって、すすきで作ったふくろうのおもちゃは完成した。最後にふんわりとした羽を形作るのが難《むずか》しくて、ちょっといびつになってしまったけど、家で余《あま》っていた黒いボタンを目にして顔をつくったら、なにか言いたいことがありそうな、とってもかわいい感じになった。

咲子《さきこ》ちゃんは、まるいどんぐり二つを目にして、細長いどんぐりをくちばしにしていた。

咲子ちゃんのおばあちゃんは、二羽のすすきのふくろうを見比べて、どっちもかわいかねえ、と目を細めた。

「そうそう、あさっては村の大数珠繰《おおじゅずく》りがあるから、みんな来んしゃい。かなちゃんのお姉ちゃんらもな」

「大数珠繰り？」

はじめて聞く言葉だったので訊《き》き返した。

「あのね、大きな玉のながーいお数珠を、子どもたちで輪になって順に回していくと。それを村のあちこちでやるとよ。毎年秋にやっとうけん」

咲子ちゃんがほこらしげに言うと、「子どもらが、病気やら怪我《けが》やらせんと、無事に一年過《す》ごせますように、というおまじないをするとよ」と咲子ちゃんのおばあちゃんがやさしく付け加えた。


翌々日《よくよくじつ》の日曜日、朝早くに農協へ行った。大数珠繰りは、そこの広い休憩所《きゅうけいじょ》からスタートするのだ。大きな袋《ふくろ》の中からそれを取りだすところから子どもたちが手伝った。

白い袋から出てきた大きな数珠を見て、私は息を飲んだ。黒飴《くろあめ》みたいにつやつや光る真っ黒な数珠玉は、両手でつつんでもはみ出るくらい大きい。それがずらずらと連なって、輪を作っている。

子どもたちは数珠を囲むように輪になって座《すわ》り、黒い数珠玉を一人ひとつずつ抱《かか》えるように持った。数珠の輪の内側には、お坊《ぼう》さんと村役場の人が、普《ふ》通《つう》の数珠を持って座った。

「では、はじめますよ」という声に、みな背筋《せすじ》を伸《の》ばした。

「これから私たちがお経《きょう》をとなえますから、みなさんはこの大数珠を、お祈《いの》りしながら回していってください。今年も無事に、健康《けんこう》に過ごせますようにと祈りながら、額《ひたい》に数珠をいっぺん近づけて、送っていくんですよ」

「はーい」

全員で元気な返事をするとお経がはじまり、私は隣《となり》の咲子ちゃんがする様子を見ながら、大数珠繰りの輪に加わった。回ってきた数珠玉を額に近づけ、隣の人に回す、その次に回ってきた数珠玉を額に近づけ、また隣へ、というのを、お坊さんが唱《とな》える、低くうなるようなお経を聞きながら繰り返しているうちに、ここがどこなのか、自分が誰《だれ》なのか、だんだんわからなくなってくるような感じがしてきた。それがなぜだか、とても気持ちがいいような気がしてきた。

お経《きょう》は、法事などで何度も聞いたことがあったけど、ぜんぜん意味がわからなくて退屈《たいくつ》で、正座している足も痺《しび》れてきて苦しいだけだった。でもこうやって数珠玉《じゅずだま》を次から次へと回し続ける作業をしていると、退屈だな、とか足が痛《いた》いな、とか考える暇《ひま》もなく時間がどんどん過《す》ぎていく。なにが楽しいのかわからないけど、なんだか楽しい、と身体が感じていた。

「はい、よろしいです。みなさん上手にできましたね。では、次の場所まで運びましょう」

お坊さんに促《うなが》されて大数珠を皆《みな》で慎重《しんちょう》に持って畦道《あぜみち》を歩き、次の場所へ移動《いどう》した。

今度は誰《だれ》かの家の一室だった。とても広い畳《たたみ》の部屋があって、そこで同じように輪になって数珠を回した。そうやって村の家を転々と訪《たず》ねた。大数珠繰《おおじゅずく》りの途中《とちゅう》で帰る子もいれば、途中から参加する子もいる。私と咲子《さきこ》ちゃんは、最初から最後まで一緒《いっしょ》にいた。

大数珠繰りの最後の家は、なんとおハルさんの家だった。おハルさんの家には畳の部屋はないのだけれど、日があたたかく入ってくる広い板の間があって、そこに座布団《ざぶとん》がたくさん輪になって並《なら》んでいた。座布団の前に大数珠が据《す》えられると、そのまわりにまた座った。座布団は全員分はなかったので、咲子ちゃんと一つの座布団を分け合って座った。

私たちが熱心に大数珠繰りをする様子を、おハルさんは立ったまま微笑《ほほえ》みながら眺《なが》めていた。

「最後までよくがんばりましたねえ。お土産《みやげ》にどうぞ」

おハルさんがきらりと光るものを載《の》せたトレーを差し出した。アルミホイルの上に、金色のべっこう飴《あめ》が並《なら》んでいた。一つひとつに爪楊枝《つまようじ》がついている。おハルさんの手作りのべっこう飴なのだった。

わーい、と歓声《かんせい》をあげながら、子どもたちが爪楊枝をつまんで飴をアルミホイルからはがし、持っていった。

「あ、これ、クマっぽい」

「うーん、わたしのは、犬、かな？」

「えーそうかなあ、ヤギなんじゃなか？」

「うそぅ」

などと言い合いながら、飴を外の光に透《す》かせてみた。夢《ゆめ》の中の色をのぞいているみたいだ、と思った。

ぱくりと口にくわえると、太陽の光も一緒に口に入れたような、特別な味がした。

「川島さんに、新米を分けていただいたのよう」

母が米袋《こめぶくろ》を抱《かか》えてうれしそうに戻《もど》ってきた。茶色い袋を開くと、半透明《はんとうめい》の白いお米がぎっしりとつまっている。

「お言葉に甘《あま》えて精米《せいまい》までしてもらったんだけど、ほんとうは使う分ずつ精米した方がおいしいらしいわね。こんど思い切って、精米機買おうかしら」

母が真剣《しんけん》に考えているそばで、めずらしく家にいた父が声を出した。

「そんなの、すぐにめんどくさくなって使わんようになるけん、邪魔《じゃま》になるだけやから、やめとけ、やめとけ」

「あなたは、せっかくの新米をいちばんおいしく食べたいと思わないんですか！」

母がびっくりするぐらい大きな声を出したので、妹がびっくりして、うわあん、と泣きだした。

「おうおう、かわいそうに、とっこちゃんもびっくりするなあ」

父は妹をひょいと抱《だ》き上げ、散歩に行ってきまーす、と宣言《せんげん》して玄関《げんかん》に向かった。

「あ、あたしも」

と姉がすかさず父についていったので、私も行くーと小さめの声で宣言して、姉に従《したが》った。

「三姉妹とお父さまでお散歩ですか。すてきですね」

家の前の坂道を下りたところでおハルさんと会い、声をかけられた。おハルさんは、いつものサロペットを着て白い布の帽子《ぼうし》を被《かぶ》り、白い軍手をはめて、籐《とう》で編《あ》んだバスケットをさげていた。

「いやあ、まあ、ちょっとした逃避《とうひ》散歩ですよ。おハルさんは、どこへ行かれるとですか？」

父が訊《き》くと、おハルさんは、私もちょっとね、と言いながらバスケットの中身を見せてくれた。剪定《せんてい》ばさみが一つ入っていた。

「森の中に、秋の食べ物を探《さが》しにいくのよ」

「わあ、行くー」

姉と私が反射的《はんしゃてき》に同時に答えた。

「とっこちゃんもー」

父の腕《うで》の中でとっこちゃんが暴《あば》れた。

「とっこちゃんは、森の中に行くにはちょっと早いぞー」

「やだ行くー」足をばたばたさせてますます暴れた。

「そうだ、お父さんととっこちゃんは、農協に食べ物を探しにいこう。アイスクリームがあるかな、チョコレートがあるかな、綿菓子《わたがし》があるかな、ケーキがあるかもしれんな」

魅惑的《みわくてき》なお菓子《かし》を頭の中で想像《そうぞう》したらしく、だだをこねていた妹がおとなしくなって、とろんと夢《ゆめ》みるような表情《ひょうじょう》になった。

農協へ行く父と妹を見送ったあと、私と姉は、おハルさんの助言に従《したが》って、いったん家に戻《もど》って軍手とバケツを持ってきた。

森の中の神社のさらに奥《おく》に、おハルさんが所有する山があり、そこに実った木の実やきのこを収穫《しゅうかく》するのである。

「きのこは、勝手にとってはいけませんよ。中には、ちょっと食べただけで死んでしまうくらい強い毒《どく》を持ったものがありますから。これ、って言ったものだけとってね。そうね、これなら大丈夫《だいじょうぶ》。ヒラタケよ」

土の上に転がっている木の幹《みき》に、何重にも重なるように薄茶色《うすちゃいろ》のきのこが生えていた。

「おみそ汁《しる》に入れたり、炒《いた》めて食べてもおいしいわよ」

おハルさんは軍手をはめたままヒラタケをつまみ、ほこりを払《はら》うようにそれをさっとなで、裏返《うらがえ》してひだをよく観察《かんさつ》した。

「うん、大丈夫。ここに黒いしみがついていたら、毒きのこの可能性《かのうせい》があるんだけど、これは大丈夫よ。どうぞ、とってみて」

「はい」

　まず姉が手をのばしてそれをつかんだ。

「うわあ、やわらかい」

　姉が軍手でつかんだヒラタケをバケツの中に入れたので、じゃあ私も、といってヒラタケをつかんだ。あまり力を入れなくても、さくっとそれはとれた。おハルさんがしていたように裏返してしみじみと見つめた。

「そんなにじろじろ見ても、かなちゃんにはきのこの区別はつかんのやない？」

「うん。どれが毒きのことかはわからんけど、こうしてようく見ると、きのこって、つくづく不思議な形の不思議な生き物なんやなあ、と思う」

「そうよねえ、人類で誰《だれ》が最初にこれを食べようなんて、思ったのかしらねえ」

　おハルさんがしみじみと言った。

「当然、毒きのこをそうとは知らずに食べて、亡《な》くなった方も大勢《おおぜい》いらっしゃるんでしょうねえ。その人たちのおかげで、毒じゃない方を私たちが食べられるようになった、ってことよね」

「じゃあ、昔の人にありがとうって思わないといけないですね」

ヒラタケについたごみを払《はら》いながら、姉が言った。

「そうよ。すべての人が、昔の人のおかげで、今日も元気に生きていられるのですもの。あら、あれは椎《しい》の実じゃないかしら」

おハルさんが、枯《か》れ葉がしきつめられているあたりに移動《いどう》した。

「うん、そうね、この細長いのは、椎の実よ。炒《い》って食べると、それは香ばしくて甘《あま》くて、おいしいの。食べられる椎の実と他のどんぐりの見分け方はね、お着物」

「お着物?」

「食べてもおいしくないどんぐりは、こんなふうにお帽子《ぼうし》を被《かぶ》っているの」

おハルさんが、帽子を被ったどんぐりをもちあげた。

「でも椎の実は、こんなふうにお着物をすっぽりと着ているの」

おハルさんが私のてのひらに載《の》せてくれたそれは、竹の子のように外皮が実をつつんでいて、こげ茶色の頭がちょこんと見えていた。

「かわいい……」

「お帽子のどんぐりもかわいいけど、お着物を着てる椎の実も、かわいい! おまけにおいしいなんて！」

姉が私のてのひらのそれをつまみあげて、興奮《こうふん》気味に言った。

「あ、それ今おハルさんに私がもらったのに！」

「べつにいいやん？　下にこんなにたくさん落ちとるとよ」

姉が足元を指差した。「お着物」を着た椎の実がいくつも落ちていた。

「だって、それはおハルさんがくれたもんやけん」

ふーん、とひとこと言って、姉がおハルさんからの椎の実を返してくれた。

足元の椎の実をひとしきり拾ったころ、おハルさんにこっちに来てごらんなさい、と呼《よ》びかけられた。

行ってみると、こぶりのイガがいくつも落ちていた。おハルさんは軍手でそっとそのイガをもちあげて、その亀裂《きれつ》を見せてくれた。

「これはね、柴栗《しばぐり》。売っている大きな栗より味がぎゅっとつまってて、おいしいのよ」

おハルさんは軍手の指でぐいっとイガを開いて中の栗を取り出した。家で母がゆでてくれる栗の半分くらいの薄《うす》さの、小さな栗だった。

落ちているイガを軍手で拾い上げようとしたら、ぴりっと指先に痛《いた》みが走り、思わず、いたっ、と叫《さけ》んでイガを落としてしまった。

「大丈夫《だいじょうぶ》? 小さくてもイガは十分とがってるから、気をつけてね」

おハルさんが手をそっと握《にぎ》ってくれた。

「はい」

「こういうのは、慎重《しんちょう》に、そっとやらなきゃね」

姉が眉《まゆ》を上げてイガをそっと持ち上げたとたん、あいた、と声を出したのを聞き逃《のが》さなかった。

「まきちゃんだって、イガささっとるよ」

「このくらい、べつに平気やし」

「まきちゃん、やせがまん」

「ちがうよ。あいたっ」

「ほらほら、こういうことはちゃんと集中しないといけません。森が大事に育てた命をいただいて帰るのですからね」

「はーい」二人同時に答えた。

軍手ごしに何度もイガにさされつつも、だんだん馴《な》れてきて、バケツの中につやつやの柴《しば》栗《ぐり》がたまってきた。森の秋の味がどんどん集まってきたことが、うれしくて仕方がなかった。

「おハルさーん、あれ、カナコに、マキコも！」

習字の中津《なかつ》先生だった。

「中津先生！　先生も、きのこ狩《が》りですか？」

姉が訊《き》いた。おハルさんは隣《となり》でにっこりと微笑《ほほえ》んでいる。

「そうそう、おハルさんの山の食べ物は自由にとっていっていいですよ、って言ってもらったけん、厚《あつ》かましくもこうしてとらせていただいてます。おハルさん、ほんとうにありがとうございます」

「いいんですよ、ときどき人が入ってくださった方が、森も元気になりますから」

「そういっていただけると、うれしいです。そうだ、みなさん、渋柿《しぶがき》持って帰りませんか？」

「ああ、あそこの柿の木でしょう？　昔は手でもぎとって干《ほ》し柿《がき》にしてたんですけどねえ、今は伸《の》びすぎちゃって、手が届《とど》かないのよ」

「それなら僕《ぼく》、登ってとってきますよ」

「え？」

「木登り、得意なんです。上から落としますので、受け取ってください」

中津《なかつ》先生は、背負《せお》っていたリュックを下ろすと、柿《かき》の木によじ登りはじめた。

縁側《えんがわ》に座《すわ》って空を見上げると、のれんのようにぶらさがるオレンジ色の物体が目に入る。中津先生が柿の木に登って落としてくれた渋柿《しぶがき》を、皮を剝《む》いて干《ほ》しているのだ。

こんなにたくさんうれしかねえ、と渋柿の山を見るなり目を輝《かがや》かせた母が、自分で干し柿を作るとおいしいとよう、と包丁で柿の皮を剝いてる横で、果物ナイフを使って私と姉も一緒《いっしょ》に剝いたのだった。

「かなちゃん、ぶあつくむきすぎたい。もったいないけん」

などと姉にからかわれながら私が剝いた柿は、一目でそれとわかる、ちょっといびつな形になってしまった。姉が作ったものは、母のものとまぜてしまえばわからなくなるくらいまろやかな形にできていて、差を見せつけられてしまった。

「じゃあ、責任《せきにん》とってこれは私が食べるけん、取らんどってよ」

自分で剝いた柿に麻紐《あさひも》を結びつけながら言った。

「カラスもきれいなやつからねらうけん、大丈夫《だいじょうぶ》たい」

「あ、お母さんまでやなこと言った」

すかさず反撃《はんげき》すると、はは、冗談《じょうだん》たいね、小学四年生がつくったにしては、ようできとると、と母は麻紐でつなげた渋柿を持ち上げた。

「太陽の光を浴《あ》びたら、甘《あま》くなっていくなんて、ほんとすごいなあ、太陽」

私が思わずつぶやくと、隣《となり》に座っていた咲子《さきこ》ちゃんが「うん、そうたいね」とゆっくりと言った。

「太陽もすごいけど、あんなふうに裸《はだか》にされて、吊《つ》るされて、腐《くさ》ったりしないでちゃんと甘くなって、食べられるようになってくれるなんて、渋柿もすごいと思う」

「食べられるようになるのが楽しみだなー」

「うちの家でもいっぱい作ってるから、干し柿ができたら、一緒に味比《くら》べとかしてみん？」

「わあ、いいね。すてきだね」

濃《こ》いオレンジ色の干し柿の連なりが、ほんの少し風にゆれた。

学校の運動会が開かれるころに干し柿は無事食べごろになり、運動会のお弁当《べんとう》のデザートになった。肉厚《にくあつ》でねっとりとやわらかく、喉《のど》にしみるような甘さが、一日中動き回って疲《つか》れた身体にここちよかった。

干し柿を噛《か》みしめて、最後にごくりと飲み込《こ》みながら、ビリになったのなんてさすがに初めてだ、と、さっき体験したばかりの苦い気持ちを味わっていた。

今日は、背《せ》の順で六人が並《なら》び、校庭を一周するかけっこに出場したのだ。私は心臓《しんぞう》が爆発《ばくはつ》しそうになるほど一生懸命《いっしょうけんめい》走ったのだが、軽やかに走り抜《ぬ》けていく他の五人の誰《だれ》にも追い付けず、あきらかなびりっけつとしてゴールに着いたのだった。

この村の子どもたちは、皆とても足が速い。運動が得意でなく、足が遅《おそ》いのは前の学校にいたときからだったが、ビリになったことはなかったのだ。全員で走り比べをしたわけではないが、自分が学校一足が遅いことが決定づけられたようで、とても恥《は》ずかしかった。

「ここの子たちは、走り回る場所、いっぱいあるけんなあ」

ビリの言い訳をするようにこぼした独《ひと》り言《ごと》を姉が鋭《するど》く察知《さっち》して、かなちゃんも走る練習したらよかよ、と言われてしまった。

「今は学校が遠いけん、毎日鍛《きた》えられとうもん。来年の運動会では絶対《ぜったい》勝てるとよ」

前の学校は歩いて五分の距離《きょり》だったが、今の学校は、寄《よ》り道《みち》せずにまっすぐ歩いても四十分はかかる。それがこの学校の生徒の平均的《へいきんてき》な通学時間で、もっと時間をかけてやってくる生徒もいた。みんな通学で足がきたえられているのだと、ふと思ったのだ。

冬が近づいたある日、鍛錬《たんれん》遠足があった。文字通り、冬に風邪《かぜ》を引かないように身体をきたえるための遠足である。通常の遠足ならば、みんなでバスに乗って目的地に行き、散策《さんさく》してお弁当《べんとう》を食べて帰る、という感じだが、鍛錬遠足は、バスなどの乗り物を一切使わない。お弁当を入れたリュックサックを背負《せお》って学校から目的地の山まで、まずは二時間ちかくかけて徒歩で向かい、ふもとに着いたら、ひたすら山道を登っていくのである。

山に着いた時点ですでにへとへとなのだが、それほど整備《せいび》されているわけでもない山道を歩くのは、さらに大変だった。

「きつかー」

思わずそんな声が何度も出てしまう。

背中《せなか》のリュックの中には空のビニールの米袋《こめぶくろ》が入っている。福原《ふくはら》先生が必ず持ってくるようにと黒板に書いたので持ってきたが、なんに使うのかはさっぱりわからなかった。咲子《さきこ》ちゃんに訊《き》いてみても、持っていけばわかるとよと、くすりと笑いながら言われただけだった。

息を荒《あら》くしながら登りつめた場所には、開けた草地があった。その草の上に遠足用のビニールシートを敷《し》いてお弁当を食べた。男子の中には、米袋をお尻《しり》に敷いている人がいた。あれ、そうやって使うためだったのか、と思いながら泰《やすし》くんのそれを見ていると、お弁当《べんとう》をリュックにしまうやいなや、お尻に敷いた米袋を持ち上げて、よーしすべるか、と言った。

お弁当を食べ終えた公太《こうた》くんも、オレもー、と言いながらリュックから米袋《こめぶくろ》を取り出した。

二人は、小高い場所まで少し歩いていくと、お尻に米袋を敷いて座《すわ》り、米袋の前の方をそれぞれ手でつかんだ。

すう――――。

風を受けてあっという間に二人はすべり降《お》りていった。

「あの米の袋、ほんとはあんなふうに使うとか！」

興奮《こうふん》気味の声が出てしまった。

「そうたい。段《だん》ボールとかでもいいらしいけど、米袋が一番よくすべるけん」

「女の子も必ずズボンをはいてくるように」と、持ってくるものの中に「米袋」の文字を書きながら福原《ふくはら》先生が言っていた意味がわかった。

お弁当を食べ終わると、母からもらった米袋を早速取りだし、泰くんと公太くんが出発した場所にそれを敷いて、咲子《さきこ》ちゃんと一緒《いっしょ》に草の上をすべり降りた。景色がさーっと流れて、ひんやりとした風が顔にあたった。思ったよりもスピードが出て、バランスをくずして転んでしまった。

「大丈夫《だいじょうぶ》?」

近くにいた高子《たかこ》ちゃんが声をかけてくれた。大丈夫、と言いながら立ち上がったところに、もっと下まですべり降りていった咲子ちゃんが戻《もど》ってきた。

「かなちゃん、草まみれー」

転んで一回転したときに、身体じゅうに枯《か》れ草がまとわりついてしまった。あははは、ほんとだ、とはたいて落とそうとすると高子ちゃんが「そんなのすぐにまたつくけん、落とさんでよかよか」と言いながら私の手をひっぱった。

「あっちにもっと広くてよくすべるところがあるけん、行こう」

「うん」

そんなふうに小一時間、すべったり登ったりを繰《く》り返したあと、地獄《じごく》の山下りが待っていた。最初は下りる方が楽だなと思いながら歩いたのだが、油断《ゆだん》するとずるりと足がすべり、なんども転びそうになった。山をなんとか下りたとたん、ずっと歩きづめ、動きづめの疲《つか》れも出て、身体がぐったりと重くなった。もう身体はこれ以上動かない、と思ったが、家まで乗せてくれるバスはなく、意識《いしき》もうろうとしつつも歩くしかなかったのだった。

やっと家に帰り着いたときには、すっかり日も落ちて暗くなっていた。

「くたくただー」

ひとこと言うのがやっとで、夕食も食べずに朝までこんこんと眠《ねむ》ってしまった。


楽しくて、そして厳《きび》しい鍛練《たんれん》遠足から生還《せいかん》して、しばらくするとつめたい北風が吹《ふ》き始め、この村での初めての冬を迎《むか》えた。市内にいたときよりも寒さはぐんと厳しかった。年があけてすぐのころに、雪が降《ふ》って積《つ》もった。庭に五センチほど積もった真っ白な雪の上に、大きく広げた手を押《お》し当てた。雪の中にてのひらが沈《しず》みこんでいく感触《かんしょく》がおもしろくて、手形をいくつも作った。市内にいたときもうっすら雪が積もることはあったけれど、こんなに気持ちよく沈みこませることができるほどではなかったので、新鮮《しんせん》だった。

手がつめたくなってきたので、毛糸の手袋《てぶくろ》をはめて雪をすくい、雪の玉を作った。両てのひらに載《の》るくらいの小さな雪だるまをいくつも作り、南天の赤い実の目と、小枝《こえだ》で鼻と口を作った。なかなかかわいいのができたので、ふとおハルさんにおすそわけしたくなって、いちばん顔がおだやかなものを選んで両手でそっと持ち上げた。

そして、雪だるまを抱《かか》えたまま、家の前の坂道をすべり落ちないようにそっと、ゆっくり

ゆっくり下りていった。

おハルさんの家に続《つづ》く道は、一面真っ白な雪で覆《おお》われていて、まだ誰《だれ》も歩いた様子がなかった。私は赤い長靴《ながぐつ》でざくざく道を踏《ふ》みしめながらおハルさんの家をめざした。毛糸の手袋を通して、雪のつめたさが伝わってきた。

オレンジ色の三角屋根に雪が積もり、もとからかわいい家がさらにかわいく、絵本の世界そのものに見えた。煙突《えんとつ》からは、うっすら煙《けむり》が出ていた。ということは、暖炉《だんろ》を使っているのだ。やった、おハルさん家にいる、と思った。おハルさんが家にいなければ、雪だるまだけそっと置いていこうと思っていたのだ。

「こんにちはあ」

足跡《あしあと》のついていない雪の庭に、そうっと赤い長靴を踏み入れた。窓《まど》から椅子《いす》に座《すわ》っているおハルさんの姿《すがた》が見えた。窓から声をかけようかと思って近づいて、はっとした。おハルさんはテーブルに肘《ひじ》をついて頬《ほほ》に手をあて、うつむいていた。泣いているように見えた。

見てはいけないものを見たような気がして、思わずくるりと後ろを向いた。と、足下がぐらついて転びそうになったので、わあ、と大きな声を出してしまったが、なんとかもちこたえて、雪だるまを下に落っことさずにすんだ。

やれやれ助かった、と思ったところに、玄関《げんかん》の扉《とびら》が開いた。

「あらあ、かなちゃん。まあかわいいお客さんも一緒《いっしょ》ね」

家の中から顔を出したおハルさんは、私の手の上の雪だるまを見てニコニコと笑った。さっきうつむいて頬杖《ほおづえ》をついて悲しげな顔をしていた人とは別人のようだった。

「雪だるま、いくつも作ったのでおすそわけです」

「そのかわいい雪だるまのお客さんは、家の中はあたたかすぎて困《こま》ってしまうと思うから、ここでお留守番《るすばん》してもらうといいわ」

おハルさんは、雪が積《つ》もった花台を指差した。


家の中に招《まね》き入れてくれたおハルさんは、あたたかい紅茶《こうちゃ》を淹《い》れてくれた。ガラスの小さなお皿には、ぶどうジャムといちごジャムが添《そ》えられていた。バター入りのお菓子《かし》を焼いたとき特有の、ふんわりと甘《あま》い匂《にお》いが部屋じゅうにたちこめていた。

おハルさんは、ちょうど焼き上がったところだったのよ、と言って、赤いギンガムチェックの模様《もよう》の紙の上に、シンプルな人形の形のこげ茶色のクッキーを出してくれた。スマイルマークみたいなニコニコ顔が描《か》いてある。

「かわいい！」

「しょうがぼうやのクッキーよ」

「しょうが？　しょうがが、クッキーに入っとうと？」

「そう。しょうがは喉《のど》にいいのよ。これを食べてると風邪《かぜ》を引かないの。よかったらどうぞ」

お菓子の中にしょうがが入るなんて何だか想像《そうぞう》がつかない。ドキドキしながら一つつまんだ。前歯で噛《か》むとさくっと砕《くだ》けて、甘くてまろやかなクッキーの味が口中に広がった。どこがしょうがなんだろう、と思ったとき、少しぴりっとする刺激《しげき》を感じた。

「ほんとだ。しょうがの味がちょっとする！　ちょっと不思議。でもおいしい、とってもおいしいです！」

「よかったわ。気に入ってもらえて。好き嫌《きら》いの分かれる味だから」

「うん。そうかも。でも、私はこの味、とても好きです」

「ありがとう。かなちゃんは、いろいろなおいしい味をどんどん吸収《きゅうしゅう》して、いろいろな味を作れる人になれそうね」

「そうですか？」

「ええ、そう思うわ。かなちゃんは素直《すなお》だから」

「それは、どうかな」

なんだか照れ臭《てくさ》いような気持ちがわきあがって、思わずうつむいてしまった。そういえばさっき、おハルさんもうつむいてたんだった。なにか照れてたのかな。でも一人で部屋にいる場合は、照れる相手がいないから、それは変だな。泣いてるように見えたけど、やっぱりほんとに泣いてたんじゃないのかな。おハルさんが悲しい顔をしていたわけを、知りたいと思った。

「あの、おハルさん……」

「なんでしょう」

「答えたくなかったら、それでいいんですけど、えっと、そのう、さっき、実は窓《まど》から……」

「ん？」

「窓から、おハルさんが見えたんです。えっと……そしたら、おハルさん、とっても悲しそうで、泣いてたみたいだったから……」

「あら、心配してくれたの？」

「はい」

「まあ、ありがとう。でも、大丈夫《だいじょうぶ》よ、かなちゃん。手紙を書いていただけなの」

「手紙？」

「そう、返事の手紙をね、書いていたのよ」

「それってもしかして、死刑囚《しけいしゅう》の人たち、への？」

「そうよ」

「どんなことを、書くんですか？」

「そうね……いろいろだけど、たいていは他愛《たあい》のないことよ。その日食べたお料理や、読んだ本のこと、窓から見えた景色とかね、どうでもいいようなことばかりどんどん書くの。死刑囚だから、いつ、突然《とつぜん》〝その日〟がくるかもわからないでしょう。だから書いてあげるのよ。いつ終わるかもしれない普通《ふつう》の日の、普通のできごとを書くの。あの人たちも、書きたくてたまらないみたいよ。同時にね、読みたいみたい。誰《だれ》かの、なんでもない日の、なんでもないできごとを。自分も、この人たちも、今は確《たし》かに生きてるんだなって確かめたいのね」

「でも、あの、その、でもさっきの……その……」

「なぜ私が悲しい顔をしていたかを、知りたいの？」

「はい」

「あのね、悲しい気持ちってね、突然やってきてしまうの。普通のことだけ書こうと思っても、普通ではないことも、ふと思ってしまうのよ……」

おハルさんがそのあと言葉を続けなかったので、私は、うん、とだけ小さく答えた。

おハルさんは立ち上がって、窓《まど》から外を見た。

「雪が降《ふ》ると、景色がうんときれいになるわね」

私も立ち上がって、同じ景色を見た。庭の、おハルさんが大切にしている木々や花壇《かだん》が白い雪の綿《わた》をふんわりと載《の》せている。うんときれいだ、と私も思った。

「あれは、かなちゃんの足跡《あしあと》ね」

庭の向こうの、森につづく道は真っ白で、私がつけた足跡だけがぽつぽつ見えた。

「小さくて、かわいくて、力強いわ」

足跡をほめられて、なぜだか顔が赤くなる。自分の歩いた跡が、あんなにあからさまにわかるなんて、ちょっとはずかしい。

「私は、たくさんの人が踏《ふ》みつけていった雪の上を、さらに踏みつけて歩いたの」

「え？」

「もしかしたらかなちゃんには、私はとてもやさしい人間に見えているかもしれないけれど」

「やさしいです、おハルさんは」

「でもね、それだけじゃないのよ。ほんとうは、いろいろなのよ」

おハルさんが遠くを見ている。私がつけた足跡よりもずっとずっと遠くを。アメリカで見た海のことを言っていたときの目に、似《に》ていると思った。

「残酷《ざんこく》なところもいっぱいあるの。残酷な時代でしたからね。踏みつけてきたのよ、たくさんの命や、心を」

突然《とつぜん》、転校初日に見た、蛙《かえる》のことを思いだした。雨が降る田んぼから道路に出て、車に轢《ひ》かれて、ちぎれて、ぺしゃんこになってしまった蛙たちの姿《すがた》。

「死んでいく人を、黙《だま》って見ていただけのこともあるし、黙って立ち去ったこともあるわ。自分が生きていくのに精一杯《せいいっぱい》だった」

おハルさんが目を伏《ふ》せた。窓の外から見たときのように。

「その罪《つみ》ほろぼしで、手紙を書いているのかもしれないの。考えてみるとなんだか、手前勝手なことかもしれないわね」

私は首を振《ふ》った。

「おハルさんの手紙を受け取る人は、とてもうれしいと思います。その返事を書けるってことも、すごくうれしいことなんだと思います」

「うれしい……そうね、うれしいわ。私も。うれしい気持ちになれるから続けているのよね」

おハルさんがちらりと見た視線《しせん》の先に、白い包《つつ》みがある。以前、おハルさんが引き取ったお骨《こつ》だ。あの人も、うれしかったんだろうな、と思う。おハルさんと手紙のやりとりができて。そして、こうしてずっとそばにいることができて。

「おハルさんは、みんなの、新しいお母さんに、なったんですね」

「新しい、お母さん？」

「私、前に、見たんです。あのお骨になった人のお母さんが夢《ゆめ》に出てきて、この人とはもう家族でなくなってしまったって言ってて。それで、おハルさんは、あのお母さんができなかったことをかわりにしてあげとるんやなって思う。だから、あの人たちの新しいお母さんになったんやなって」

おハルさんが、私の頬《ほほ》を両手でつつんで微笑《ほほえ》んだ。

「ありがとう、かなちゃん。あなたには、残酷《ざんこく》なできごとが起こりませんように。しあわせな人生でありますように」

おハルさんの顔がゆっくり近づいてきて、私の額《ひたい》にそのくちびるがふれた。おでこにキス。

顔が真っ赤になっていたと思う。でも、とてもうれしかった。

「私も、新しいお母さんをがんばるわ。私の命があるかぎりは」

おハルさんの白い顔が、なぜだかいつもよりずっと白く見えた。


雪だるまのお礼に、と言って、おハルさんは、私に編《あ》み物を教えてくれた。おハルさんが「家にずっとあったのよ」といってわたしてくれた毛糸は、白い糸に、ピンクや水色やオレンジや緑やむらさき色の粒《つぶ》がまざった、不思議な色合いのものだった。

「いったりきたりするだけで一番かんたんだから、マフラーを編むといいわ」

おハルさんに教えられた通りに編んでいくと、いろいろな色がからまりあって、カラフルでにぎやかなマフラーがゆっくりと成長していった。

編み棒《ぼう》も、おハルさんの家にあったもので、編みかけのまま持って帰って使っていいわよ、と言われた。

家に持ち帰って続きを編んでいると、今日見た景色や思ったことを全部マフラーの中に編み込んで閉《と》じ込《こ》めていくような気持ちになった。

編《あ》み上がったカラフルなマフラーは、雪野原に小さな花が無数に咲《さ》いているようだ、と思った。自分で最初から最後まで編み上げたそのマフラーをして学校へ行くのが、ほこらしかった。母に教えてもらって両端《りょうたん》につけた房《ふさ》が、歩くたびにゆれるのが、視界《しかい》の隅《すみ》に見えた。

咲子《さきこ》ちゃんの首には真っ赤なマフラーが巻《ま》かれている。私が編み物に夢中《むちゅう》になっているのを見て、わたしも編むっ！　と宣言《せんげん》して、咲子ちゃんが小さいときに着ていたという赤いセーターをほどいて作ったものだ。

咲子ちゃんのお母さんが使っていた古い編み針《ばり》とほどいた毛糸を持っておハルさんの家に行き、編み方を教えてもらった。咲子ちゃんは、おもしろーい、たのしーい、と言いながらすいすい編み進めていった。後から編みはじめたのに、私はすぐに追い越《こ》されてしまった。

「咲子ちゃん、編むの早いね」

夢中で編んでいた咲子ちゃんははっと顔を上げて、手を動かしてなんか作るの好きやけん、と言った。

咲子ちゃんのマフラーは、端《はし》っこをきゅっと縮《ちぢ》めて、毛糸で作った丸いぼんぼんが取り付けられた。咲子ちゃんが走ると、マフラーの先のぼんぼんがふんわり跳《は》ねて、とってもかわいかった。ぼんぼんは咲子ちゃんにとっても似合《にあ》うな、と思った。

男子たちにまざって雪合戦をしていたときも、うっかり咲子ちゃんの跳ね回る赤いぼんぼんに見とれて、雪玉をいくつもあびてしまったのだった。

昼休みにさんざん雪合戦をして遊んだ校庭の雪は、下校するころにはすっかり溶《と》けてしまった。雪が溶けた校庭を長靴《ながぐつ》で歩くと、じゅくじゅくした。昼間とはまるで違《ちが》う場所みたいだ、と思った。たくさんの足跡《あしあと》がどろどろになって重なり合っている。朝一番に見た校庭は一面真っ白で、あんなにきれいだったのに、今はもうぜんぜんきれいじゃなくってきたないなあ、としか思えない。


《私は、たくさんの人が踏《ふ》みつけていった雪の上を、さらに踏みつけて歩いたの》

おハルさんが言っていた言葉がふいによみがえり、私はその場でゆっくりと足踏みをした。私の足は、雪が溶けてやわらかくなった土の中に、体重をかけた分だけゆっくりと沈《しず》む。でも、簡単《かんたん》に引《ひ》き抜《ぬ》くことができるくらいにしか沈まない。反対の足も同じだった。

ここは底なし沼《ぬま》ではないんだ、よかった、と思う。そう思いながら、一人でゆっくり足踏みを続けた。足の底がすっかりつめたくなった。

私は少し前まで、壁《かべ》を本気で抜けられるのではないかと思って壁を押《お》さえたり、地面を掘《ほ》ったら地球の裏側《うらがわ》に行けると信じて穴《あな》を掘り続けたりしたことがあった。

そんなこと、できないんだよね、と冬の間に十歳《さい》になった私は思っていた。でも、頭の片《かた》隅《すみ》では、壁を抜けるときの感触《かんしょく》や、地球を突《つ》き抜けたときの景色を考え続けていた。ありもしないと片方《かたほう》では思っていることを、片方ではまじめに想像《そうぞう》しながら、長靴《ながぐつ》の底で雪溶《ゆきど》けの土をじゅくじゅくするのは、気持ちがよかった。


寒い冬を越《こ》えて家にお雛《ひな》さまが飾《かざ》られて、しまわれて、しばらくすると、村が一斉《いっせい》にピンク色に染《そ》まった。稲《いね》を刈《か》り取ったあとに田んぼに植えられたレンゲの花が開いたのだ。

「かわいかー。夢《ゆめ》の世界に来たみたい」

初めて見るピンク色の世界に、私はすっかり感心してしまった。

「ここでは、春が来たって思うんは、桜《さくら》とかじゃなくて、この、レンゲが咲《さ》いた田んぼやけんね」

咲子《さきこ》ちゃんがほこらしげに答えた。

「なんで田んぼにレンゲを植えると？」

「レンゲを植えとくと、田んぼの土がおいしくなるとよ」

「土が、おいしく?」

「うん、栄養たっぷりになって、お米がよう育つけん。おばあちゃんがそう言っとった。お米が食べる栄養と、レンゲが食べる栄養は違《ちが》うけん、ちょうどいいとって。それに、きれいやし」

「うん」

「ここ、うちの田んぼやけん、ちょっとならレンゲ、つんでいってもよかよ」

咲子ちゃんがそう言って目の前の田んぼに下りていったので、私も続いて畦道《あぜみち》からそっと下りた。なるべくレンゲを踏《ふ》まないように、と思うと自然につま先立ちになった。

「かなちゃん、ちょっとくらい踏んでも平気よ、レンゲは丈夫《じょうぶ》やけん」

「うん……」

そう言ってもらったもののやはり気になるので、つま先立ちをやめることができず、よろよろしながらレンゲを摘《つま》もうとすると、転びそうになった。私がレンゲを三本摘んで顔を上げたとき、咲子ちゃんは、ほら、と言って、レンゲでつくった草かんむりを両手で高だかと持ち上げた。

「かなちゃんにあげる。これで春のお姫《ひめ》さまやね」

咲子《さきこ》ちゃんがくすくす笑いながら、私の頭にそれを載《の》せてくれた。頭がくすぐったくなって、私も声を上げて笑ってしまった。

二人でレンゲの田んぼできゃはきゃは笑いつづけていると、「コラー、田んぼで遊ぶなョー」という声が聞こえてきて、ぎょっとした。

しかし声はすぐに遠くなった。声の主《ぬし》は、畦道《あぜみち》の向こうの道路を自転車で遠ざかっていったのだった。

「咲子ちゃん、あれ、誰《だれ》？」

「さあ……知らない……」

自転車のおじさんのゆく手には低い山が連なっていて、山の向こうには淡《あわ》い水色の空が広がっていた。おじさんが遠ざかっていく道の脇《わき》には、あざやかなピンク色の田んぼ。今叱《しか》られたばかりなのに、なんだか叱られた気が全然しなくて、景色ぜんぶがふんわり昼寝《ひるね》をしているように思えた。

四月になって新学期が始まった。私は五年生になった。二クラスしかないので確率《かくりつ》は二分の一だったけれど、咲子ちゃんとはまた同じクラスになれた。ものすごくうれしかった。

担任《たんにん》の先生も同じ、福原《ふくはら》先生だった。福原先生から「将来《しょうらい》の夢《ゆめ》」というテーマで作文を書いてくるように、という宿題が、五年生最初の日に早速出た。福原先生のクラスでは、四月の最初の日に必ず書く作文だそうだ。

「毎年なんでおんなじこと書かせるんやろって思っとったけど、前に書いたこと、案外忘《わす》れとうと」

「去年書いたばっかりのことも？」

「うん……あ、思い出した」

「え、なに？　咲子ちゃんの夢」

咲子ちゃんが、くちびるをきゅっとすぼめて、ちょっと赤い顔になった。

「言えんと。なんか、はずかしいけん」

「一年で、はずかしくなると？」

「うん……そんなもんたい。っていうか、今書かないかんってこともちょっとはずかしか……」

咲子ちゃんの顔が、ますます赤くなってきた。それを見ているうちに、自分の顔もなんだか赤くなってくる。

「昔はなん書いてもはずかしくなかった気がするんやけどね。みんなの将来《しょうらい》の夢《ゆめ》を聞くのも楽しかった」

「みんなの夢を聞くの、今もきっと楽しいよ」

「うん……じゃあ、かなちゃんは、なん？　なんて書くと？　作文に」

急に訊《き》かれて、う、と答えにつまった。

「えっと……急には、わからん……」

「そ、そうか。そうたいね、急には、わからんよね」

咲子《さきこ》ちゃんは？　と逆《ぎゃく》に質問《しつもん》したくなったが、自分が答えられなかったものを訊くのもよくないことのように思えて、訊かなかった。


先生はなんだって毎年同じ質問をするんだろう、と宿題の意味を考えながら部屋でごろんと転がっていると、ごめんください、という声が聞こえた。おハルさんだった。

母も姉も妹も、もちろん父も家にいなかったので、私が一人で応対《おうたい》した。

「庭のチューリップがたくさん咲《さ》いたから、おすそわけよ」

おハルさんは、白とピンクのチューリップのつぼみの束を抱《かか》えていた。

「きれい……」

「お庭で咲かせた方がうんと長持ちするんですけどね、来年用の球根を増《ふ》やすために、つぼみのうちに切ってしまったの。花瓶《かびん》にさしても、しばらくすれば、とってもかわいい花が咲きますよ」

おハルさんは、そう言ってチューリップを私に手わたすと、すぐに振《ふ》り向いて帰ろうとした。私はとっさにその手を取って、今、お茶、淹《い》れます、チューリップのお礼です、上がって下さい、と言った。

「まあ、かわいい人からの、すてきなお茶のお誘《さそ》いね。お受けするわ」

おハルさんがにっこり笑った。

私はおハルさんを応接間《おうせつま》に通した。そこは、大事なお客さまが来たときのための部屋で、学校の友達が来たときは使わせてもらえなかったので、私がこの部屋に誰《だれ》かを案内することは今までなかったのだが、おハルさんなら、母もなにも言わないだろう、と判断《はんだん》して、迷《まよ》わずこの部屋に通したのだった。

白いレースをかけた、煉瓦《れんが》色の布のソファーにハルさんを手招《てまね》きして、こちらで少々お待ち下さい、と声をかけた。おハルさんは、お招《まね》きありがとうございます、とうやうやしく礼をしてからソファーに座《すわ》った。

大急ぎで、虹《にじ》のようにいろんな色が溶《と》け合っている、家の中で一番好きなガラスの花瓶《かびん》につぼみのままでも十分かわいいチューリップを活《い》けた。

「すてきな花瓶ねえ」

テーブルの上に運んだとたん、おハルさんがほめてくれたので、うれしくなった。

「チューリップは水がいたみやすいから、毎日水を替《か》えてあげてね」

「はい」

そんな会話をしている間に、チューリップのつぼみの先が、少しほころんできた気がした。と、ケトルがピーと鳴いた。私は立ち上がって紅茶《こうちゃ》を淹《い》れにいった。

紅茶は、人数プラスポットの分一杯《ぱい》だから、今日は三杯分……、といつかおハルさんに教わったおいしい紅茶の淹れ方を頭の中で復習《ふくしゅう》しながらお茶を淹れた。ポットには、おハルさんからもらったポット用の毛糸のカバーをかけ、ティースプーンを載《の》せたティーカップセットとともにお盆《ぼん》に載せた。冷蔵庫《れいぞうこ》に入っていた苺《いちご》を、お茶菓子《ちゃがし》のかわりにガラスの器に盛《も》った。

「うん、完璧《かんぺき》」

私はほこらしい気持ちでお盆を運んだ。五年生になったことを、胸《むね》をはって言えるような気がしたのだった。

おハルさんは、私の淹れた紅茶を飲みながら、かなちゃんはすっかりすてきなレディーになったわねえ、と目を細めた。レディーなんて言われたのは初めてで、こそばゆい気持ちになった。

「まだ学校もはじまったばかりだから、のんびりできるわね」

おハルさんが言ったひとことで、今日福原《ふくはら》先生から出された宿題のことを思い出した。

「いいえ、いきなり難《むずか》しい宿題が出たんです。将来《しょうらい》の夢《ゆめ》を書きなさいって」

「あら」

「おハルさんは、子どものときに、なんて書いたんですか？　将来の夢」

「将来の夢？　私の？」

おハルさんは、今まで見たこともないようなびっくりした顔をした。

「そんなこと、考えたこともなかったわ。学校でそんなすてきな宿題が出たこともなかったし」

おハルさんの顔が、ふっと寂《さび》しげになった。

「私のころはね、今みたいに女の子がいろいろな仕事を夢《ゆめ》見てもいい時代ではなかったの。ほとんどの女の人は、誰《だれ》かのお嫁《よめ》さんになって、その人とその家のためにつくして生きることだけが求められたのよ」

「そうなの？　でも、おハルさんは、それだけで生きてきたわけではないですよね。アメリカに行ったり……」

「アメリカに行ったのも家のためよ。日本で働くところがなくて、夫《おっと》と働く場所を求めて行ったのだもの。言葉もぜんぜんわからないのに。それはもう、たいへんだったのよ」

「おハルさん、アメリカには、とっても行きたくて行ったんやって、思ってました」

「船に乗って行くときはそれなりに希望に燃《も》えてたのよ。夢のような国に行けるんだって、自分で自分を思い切り励《はげ》ましてね。でも現実《げんじつ》はシビアだった。この苺《いちご》さんのようには甘《あま》くなくて、思いっ切りすっぱくって、苦かったってわけ」

おハルさんはそう言いながら、苺を一粒《つぶ》ぱくりと口に入れた。

「かなちゃんが用意してくれた苺、なんておいしいの。季節がきたら、こういうおいしいものが必ず食べられて、今はほんとうにしあわせよ」

しみじみとそう言っておハルさんは紅茶《こうちゃ》のカップに口をつけた。

「今がしあわせだから、今までのことは、全部よかったことだって思うときもあるわね」

将来《しょうらい》の夢……。その将来って、今のおハルさんみたいにゆったりと、全部よかったって思える日のことを指すんだろうか。

ますます作文になにを書いたらいいか、わからなくなってしまった。

「ねえ、かなちゃん、あの作文、なんて書いたと？」

作文を提出《ていしゅつ》した日の帰り道に、咲子《さきこ》ちゃんに訊《き》かれて、ドキリとした。

「えっと、うん……えーと、じゃあ、言い出しっぺの咲子ちゃんから教えて」

「ええ……えーと……わたしはねえ……」

咲子ちゃんはうつむいて、ちょっと恥《は》ずかしそうな顔をした。ぱちぱち、と二度まばたきしたあと、顔を上げて私にまっすぐ目を向けた。

「今年はね、洋服を作る人になる、って書いたと。この間マフラー自分で作って、とっても楽しかったけん。自分のものだけじゃなくて、この人にはこんな色や、こんな形が似合《にあ》うやろうなあ、とか考えはじめたら楽しくてしょうがなかったとよ」

「うん、よか、それ、すっごくよかよ、咲子《さきこ》ちゃんにぴったり合っとうと思う」

「ありがと。かなちゃんは？」

「私、は……」

その次の言葉を続けようとして、脇《わき》の下にじわっと汗《あせ》がにじんでくるのがわかった。

「えっと……、咲子ちゃん、なにを言っても笑ったりせん？」

「もちろんたい」

咲子ちゃんが爽《さわ》やかに笑った。

「私ね、いろんな人のことを書く人になりたいって、書いたと」

「いろんな人のことを書く？」

咲子ちゃんがきょとんとした顔をした。

「うん。咲子ちゃんがおハルさんに編《あ》み物を教えてもらって楽しかったみたいに、私はおハルさんにいろんなできごとを教えてもらって、すごくおもしろかったと。だから、もっと教えてもらって、それを文章にして、そのおもしろさをいろんな人に伝えてみたかと」

「へえー、かなちゃんすごーい」

「おハルさんだけじゃなくて、きっといろんな人がいろんなこととして、いろんなこと考えてて、そのこと、書いてみたい。そのとき、その人はどんな気持ちだったのか、なにを感じてたかを。それでそれを、言葉にしてみたかと」

「うん、かなちゃん、おもしろいとこあるけん、それ、ぜったいいいよ。わたしのこととかも書いてくれると？」

「うん、もちろん」

「あ、わたしのことなんかじゃつまらんよね。なんもかわったことないけん」

「咲子ちゃん、ぜんぜん、つまらんことないよ！　咲子ちゃんは、世界で一番おもしろいと思っとるけん！」

「ほんとにい？」

「ほんと、ほんと。ほんとに咲子ちゃんのことすてきに書くけん、咲子ちゃんは私に、一番似合《にあ》うすてきな服、作ってよ」

咲子ちゃんは、みるみる笑顔になって白い歯をたっぷり見せたまま、うん、とうなずいた。

学校から家までの長い長い道を、最後に歩いたのは、再《ふたた》びやってきた夏の日差しを思い切り浴《あ》びながらだった。両手でたくさんの荷物を抱《かか》えて、私は汗《あせ》だくだった。学校に置いていた荷物の他に、リボンのついたみんなからの贈《おく》り物と、寄《よ》せ書きを持っていた。一学期の終業式の日だった。

その年の六月の終わりに、父が突然広島《とつぜんひろしま》への転勤《てんきん》を言い渡《わた》されたのだ。森の中に建てたこの家は、知り合いに引き取ってもらい、夏休みのうちに広島の社宅《しゃたく》に一家で引《ひ》っ越《こ》すことになった。

前の年の六月に引っ越してきて一年をひとめぐりし、学校に馴《な》れ、村になじんできたところだったので、再びの引っ越しはほんとうにショックだった。私だけでなく、姉も妹も母も、もちろん父自身もこの土地にずっと住みたかったのだが——なにしろただの雑木林《ぞうきばやし》に、あんなに気合いを入れて家を建てたのだ——会社の命令は絶対《ぜったい》だった。

多分この先、福岡《ふくおか》で仕事をすることはないだろう、と父は言った。どこに住むかの選択権《せんたくけん》は会ったこともない誰《だれ》か他の人の手に握《にぎ》られていて、小学生以下の子どもには全くないのだった。

この村での学校生活を終えた私は、大荷物を放り出して、畳《たたみ》の上にうつぶせになった。なんにも考えられないような感じに力が抜《ぬ》けて、ジージー聞こえる蟬《せみ》の声を聞き流していた。新しい学校でも今まで以上に元気な山田加奈子《やまだかなこ》さんでいて下さいね、と福原《ふくはら》先生が最後に言ってくれた言葉に、はい、と返事をしたものの、「元気」の意味がよくわからなくなったみたいだった。

庭の方に目をやると、芝生《しばふ》が去年よりもずっと勢《いきお》いよく青々と茂《しげ》り、母が育てているインゲン豆《まめ》のつるも元気よく伸《の》びている。そのそばの鶏《にわとり》小屋でチャンボちゃんが、コッコ、コッコと鳴いている。

こういうのも、まるごと次にここに住む人にわたしちゃうんだなあ、と思うと胸《むね》がきゅっと締《し》めつけられるような気がした。涙《なみだ》が流れそうになってきたので、さっとあお向けになり、天井を見つめた。一枚《まい》一枚違《ちが》う天井の板の目の模様《もよう》をめずらしいものを見るように丁寧《ていねい》に見た。

「咲子《さきこ》ちゃんにおはよーって声かけて学校に行くこともうないんやし、あのおいしい給食の鶏《とり》の唐揚《からあ》げももう食べられんし、中津《なかつ》先生の本ももう借りられんし、おハルさんとももう会えんようになるとか……」

できなくなることを一つひとつ考えていたら、あお向けの目から涙があふれてつるつると流れ落ちた。

「かーなーちゃーん」

咲子《さきこ》ちゃんの声が聞こえた。そうだ、荷物を置いたら遊びにいくねって、さっき約束してくれたんだった。そういえば咲子ちゃんて、一度も約束をやぶったことないな、とそのとき思った。

涙《なみだ》をごしごし拭《ふ》いて、咲子ちゃんを家に迎《むか》え入れ、みんなが書いてくれた寄《よ》せ書きを一緒《いっしょ》に読んだ。ほとんどの人が、一緒に遊べてたのしかった、とか、広島《ひろしま》でもがんばってね、とか、またいつでもここにきてね、とかほっこりすることを書いてくれていたのに、一つだけ「鼻クソ」とあった。書いたのは、公太《こうた》くんだった。二人で思い切り笑った。

この、森に続く家にさよならする日まで、まだ二週間ある。それまで思い切り楽しむけんね、と大笑いしながら思っていた。

あとがき

私が小学生だったときに一年ほど住んだ福岡県糸島郡《ふくおかけんいとしまぐん》（当時）に、「死刑囚《しけいしゅう》の母」と呼ばれた白石《しらいし》ハルさんが住んでいました。福岡の受刑者《じゅけいしゃ》を慰問《いもん》し、たくさんの手紙を交わしたことで知られる女性です。この物語は、私の記憶《きおく》の中にも住んでいる白石ハルさんこと、「おハルさん」と、私が感じた糸島の風土をモデルに創作《そうさく》したフィクションです。創作にあたって、約四十年ぶりに、当時住んでいた村を訪《たず》ねました。ゆたかな光と水とともにある深い森や、村の佇《たたず》まいはほとんど変わっておらず、いたく感銘《かんめい》を受けました。一緒《いっしょ》に小学校へ通っていた友達や近所の方にもお会いしました。一年ほどしか住んでいなかったのに、私たち一家のことをみなさんよく覚えていてくださり、たいへんうれしかったです。

当時日記もつけていませんでしたし、一年あまりしか住んでいなかった場所のことはすっかり忘《わす》れてしまうのだろうなあ、と思っていましたが、思いの外多くのことを鮮明《せんめい》に覚えていることに、書いていて気付きました。私のこれまでの生涯《しょうがい》の中でも、特別に濃密《のうみつ》な一年だったのだと思います。少し昔の小学四年生が森の中の家で感じた命の記憶を、ともに味わっていただければ幸いです。

文中に出てくる死刑囚の俳句《はいく》作品は、『異空間《いくうかん》の俳句たち』（異空間の俳句たち編集委員会／海曜社）から引用しました。

糸島地方の方言などについては、糸島在住の河原晴美《かわはらはるみ》さん、高田寿美子《たかだすみこ》さんにご指導《しどう》いただきました。

ポプラ社の倉澤紀久子《くらさわきくこ》さんには、資料探《しりょうさが》しや福岡への取材など、「ポプラビーチ」連載時《れんさいじ》から単行本《たんこうぼん》にいたるまで、常《つね》にこまやかに、力強く、助けていただきました。

装丁《そうてい》のブックウォールさんには、装画《そうが》のことなど何度も相談にのっていただきました。

その他、さまざまな方の力をいただき、一冊《さつ》の本になりました。みなさまに、心よりの感《かん》謝《しゃ》を申し上げます。

東《ひがし》直子《なおこ》

二〇一四年　秋

teens' best selections版を読んでくれたみなさんへ

『いとの森の家』は、二〇一四年に出版された小説ですが、このシリーズに入れていただくことになりました。今回のリニューアル化にともない、表紙の絵を新しく描《か》き直し、挿画《そうが》を五点描き下ろしました。

又、二〇一六年に第三十一回坪田《つぼた》譲治《じょうじ》文学賞《ぶんがくしょう》を受賞しました。この賞は、『風の中の子供』など、児童文学を中心に幅広《はばひろ》く活躍《かつやく》した坪田譲治氏を顕彰《けんしょう》した文学賞で、子供から大人《おとな》まで共有できるということがコンセプトになっています。とても光栄です。

私が子ども時代を過《す》ごした昭和《しょうわ》四十年代は、誰《だれ》の家にもパソコンはありませんでした。もちろん、携帯《けいたい》電話もスマートフォンなんて誰も持っていません。一台の固定電話を家族みんなで使っていました。そうそう、テレビゲームが登場するのも、もうちょっとあとです。ずいぶんのんびりしていた気がします。名前も知らない人の今日のお昼ご飯の写真を見る、なんてことは、できるわけがなかったのです。

そんな時代に経験した、突然《とつぜん》の田舎《いなか》生活。そのときのびっくりした気持ちをもとに、この物語を書きました。オケラのおなかを指で押《お》したときの感触《かんしょく》や、茅花《つばな》という草の食感は、ほんのり覚えています。夏の夜の闇《やみ》の中に浮《う》かび上がる無数の蛍《ほたる》の光は、それはそれはきれいでした。命がみちている、ということを身体全体で感じていました。それは自然に、命を考えるということにつながりました。

今、いろいろな人のいろいろな心を、言葉をつくして伝える仕事をしていますが、その原点が、この本につまっています。新しい時代を生きているみなさんが、新たになにかを考えるきっかけにしてもらえると、こんなにうれしいことはありません。

東《ひがし》 直子《なおこ》

二〇一六年　五月

引用俳句作者一覧

139ページ　布団たたみ雑巾しぼり別れとす　和之
140ページ　春暁の足をふんばり見送りぬ　和之
141ページ　水ぬるむ落としきれない手の汚れ　公洋
143ページ　冬晴れの天よつかまるものが無い　尚道
143ページ　全身を口にして受く春の雪　白羊
144ページ　風鈴やほんとのことがいえなくて　瓜山
147ページ　一匹のアリの自由をみてあかず　舟人

初出

ウェブマガジン「ポプラビーチ」2013年1月〜2014年4月、「森へつづく道」のタイトルで連載。一般書単行本化にあたり改題し、加筆修正したものを『いとの森の家』として刊行しました。その後、児童書版も、一部加筆修正しています。

東 直子
（ひがし・なおこ）

1963年、広島県生まれ。歌人、作家。1996年「草かんむりの訪問者」で第7回歌壇賞受賞。2006年『長崎くんの指』（のちに『水銀灯が消えるまで』）で小説家としてデビュー。歌集に『青卵』『十階』、小説に『さようなら窓』『いつか来た町』、エッセイ集に『耳うらの星』『千年ごはん』、絵本に『あめ　ぽぽぽ』『ぷうちゃんのちいさいマル』など著書多数。2016年、本作で、第31回坪田譲治文学賞を受賞。

TEENS' BEST SELECTIONS 39

いとの森の家

東 直子

発行　2016年6月　第1刷
2024年2月　第3刷

発行者　千葉 均
発行所　株式会社 ポプラ社
〒141-8210 東京都品川区西五反田3-5-8
JR目黒MARCビル12階
ホームページ www.poplar.co.jp

印刷　瞬報社写真印刷株式会社
製本　株式会社若林製本工場

ISBN978-4-591-15052-8/N.D.C.913/252p/20cm

P8001039

グッドジョブガールズ

草野たき

おたがいを「悪友」とよびあう、あかり・由香・桃子。小学校生活最後の思い出づくりで、チアダンスに挑戦することにきめるが……。

この友情、爆発寸前!?
過剰で繊細な
女の子のリアル。

美雨13歳のしあわせレシピ

しめのゆき
高橋和枝・絵

美雨が学校から帰ると、お母さんは家出していて、家事などしたこともないお父さんが超本格的な料理をしていた――!!

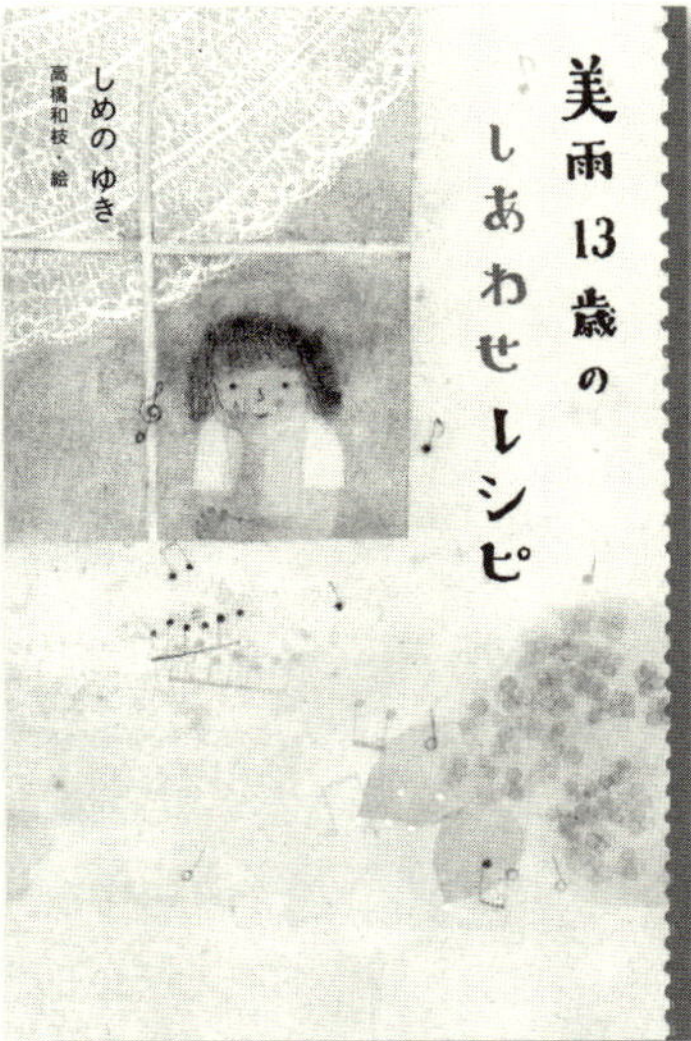

家族のドラマは波瀾万丈。
でも、心に美味しい、
幸福な物語